웃기고 진지한
자존감
입니다만

웃기고 진지한 자존갑입니다만

ⓒ 박윤미 2021

초판 1쇄	2021년 6월 10일		
지은이	박윤미		
출판책임	박성규	펴낸이	이정원
편집주간	선우미정	펴낸곳	도서출판 들녘
디자인진행	한채린	등록일자	1987년 12월 12일
편집	이동하·이수연·김혜민	등록번호	10-156
디자인	김정호	주소	경기도 파주시 회동길 198
마케팅	전병우	전화	031-955-7374 (대표)
경영지원	김은주·나수정		031-955-7376 (편집)
제작관리	구법모	팩스	031-955-7393
물류관리	엄철용	이메일	dulnyouk@dulnyouk.co.kr
		홈페이지	www.dulnyouk.co.kr

ISBN   979-11-5925-645-5 (03810)

웃기고 진지한
자존감
입니다만

박윤미 지음

참새책방

Prologue

✽

인간이 가질 수 있는 최고의 감수성은 위트가 아닐까 합니다. 위트는 결국 누군가의 행복한 무언가가 되니까요.

20대부터 웃음과 생각을 글로 풀어내길 좋아했고, 적잖은 독자들의 환호를 얻으면서도 수필로 책을 내겠다는 다짐 따위 없었습니다. 즐거웠으니까 된 것이지 뭘 거창하게 책까지 내나 싶었거든요.

40대의 삶에 느닷없이 바이러스가 침공해 심신이 지쳐갈 때 비할 바 아닌 최악의 뉴스를 접하고 그제야 책을 내고 싶어졌습니다.

사랑과 위트가 가득하셨던 세상에서 가장 존경하는 나의 아버지가 도파민을 잃어간다는 진단을 받으신 겁니다.

아이러니한 의학의 발달은 꾸역꾸역 병명은 찾아내면서도 치료약은 없다고 말하더군요. 차라리 병명을 알려주지 않았더라면 노화로 수긍하고 이해했을 일인데 말이죠.

기어이 웃음까지 잃으신 아빠를 위해 체내에 있는 모든 유머와 재치, 지혜, 심지어 플렉스를 담아 편지를 썼습니다.

매우 정확하게는 도파민을 보낸 것이었습니다.

의학이 못 만든다는 그까짓 도파민 내 손으로 만들고 말겠다며 세상에서 가장 예쁘고 사랑스러운 도파민을 글로 써냈더니 그것은 곧 아빠의 웃음이 되었습니다.

간절했던 마음 때문인가 덩달아 세로토닌까지 만들어져 주변의 지친 사람들과 나눴더니 그들도 들썩 웃었습니다.

이 책을 살아 숨 쉬는 동안 도파민과 세로토닌이 필요한 모두에게 바칩니다.

Neighborhood ○ Hakuna matata

Careerhood ○ Good job

Lifehood ○ Spero, spera

STORY

1

Lovehood

Love conquers all

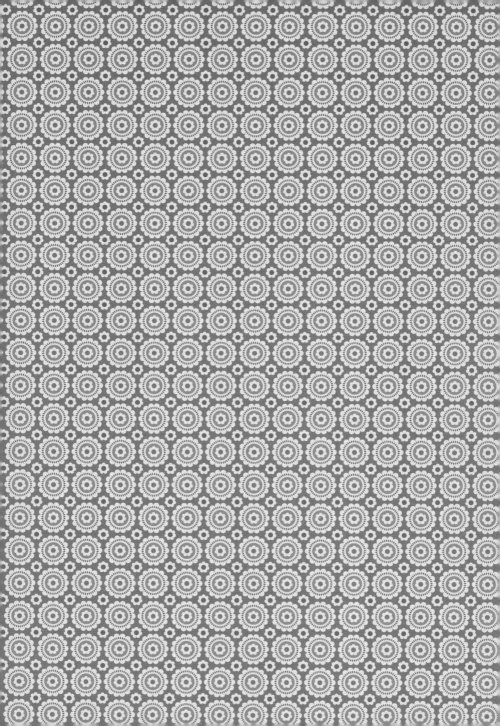

소개팅 연대기

　　서른이 되던 해, 갑자기 주변인들이 분주해지며 소개팅인지 선인지를 시켜대더군요.

　　서른 이후 첫 소개팅은 보건소에서 일하는 고모가 주선자였습니다. 새로 들어온 싱싱한 공중보건의이자 한의사라며 묻지도 따지지도 말고 만나라 했습니다. 제가 또 자존감 킹이라 뭔가 반감이 생기더라고요. 전문직이니, 콧구멍이 세 개라도 네가 감히 거부하는 건 말이 안 된다 뭐 이렇게 들렸거든요. 싫다고 버티자, 엄마가 아쉬워 난리를 치셔서 못 이기는 척 진맥 짚으러 갔습니다.

　　쫙 빼입고요!

오손도손 손목 좀 잡히고 싶은데 눈치 없는 엄마와 더 눈치 없는 고모가 방청객이 되어 뒤에 서 있는 이 분위기는 무엇? 그 와중에 맥은 안 짚고 뭔 기다란 설문지 같은 거로 질문을 해대는 한의사는 누구? "땀은 주로 어디서 나시나요?" 겨드랑이에서 샘솟는다 할 수 없으니, 사타구니에 땀 찬다는 말은 차마 못 하겠으니, 이마에 극소량 이슬이 맺힌다 했죠. 좋아하는 음식에 체크를 하래서, 토마토, 양배추, 파프리카 및 각종 과일에 체크를 하고 있었더니 뒤에서 훔쳐보던 엄마가 답답함을 못 이기시고 "너 고기 좋아하잖아~"라고 외치시더군요.

세상에 최선을 다해도 안 되는 건 많아요. 오라는 연락은 안 오고 태음인에 좋다는 보약만 오더군요. (참고로 전 소음인)

넥스트.

친구 결혼식에서 오랜만에 만난 한때 친했던 동생이 갑자기 소개팅을 해주겠답니다. 보통 이런 느닷없는 소개팅이 성공률이 높다죠. 연락처 주고받고 10분 지나자 문자가 와요. "누구 씨~ 저는 소개팅남 누구인데…"로 시작하는 대하드라마 같은 MMS 문자. 불길했죠. 답 문자를 보냈더니 바로 전화벨이 울려요. 부담스럽지만 전화를 받았더니 한다는 말이 "상당히 미인이시라면서요~"였습니다.

Game Over! 이 질문엔 뭔 대답을 해도 미인이어야만 해요. "맞아요. 상당하죠." or "어머~ 아니에요. 아니에요….' 거봐요, 그래서 Game Over!

아직도 전 그 동생이 저의 빅 팬이었는지 혹은 빅 엿을 먹인 건지 궁금해요.

그다음.

오빠 친구의 회사 동료, 공사에 다닌대요. 만났더니 공사장에 다니는가 싶었지만 뭐 점점 소개팅이 안 풀리니 위축도 되고 애프터 신청도 서른 넘어서는 처음 받아보는 거라 일단 몇 번 더 만나기로 했죠. 세 번째 만나던 날 밤 전화로 "다음 주 주말에 우리 부모님 여행 가셔서 집이 비는데 놀러 올래?"라고 묻더군요. 이나쁜 쉐리, 날 띄엄띄엄 보네요. 단칼에 거절했더니만 방귀 뀐 놈이 성질을 내면서 사람 이상하게 몰아간다고 분위기 싸하게 만들더군요.

제가 흥하게는 못해도 망하게는 할 수 있습니다만.

실패를 거듭하던 어느 날 밤, 연못을 지나는데 하얀 구렁이가 갑자기 튀어나와 제 다리를 물고 안 놓아주는 길몽을 꿨습니다. 다음 날 소개팅이 들어왔는데 상대는 이비인후과 레지던트였어요. 흰 구렁이＝흰 가운 딱딱 맞아떨어지고 얼마나 좋아요.

한껏 기대에 부풀어 나갔는데 인물도 나쁘지 않아요. 근데, 이놈아가 의사란 기대치를 갖는 게 싫었는지 굳이 자기는 노동자의 아들이라며, 돈이 없다는 걸 매우 강조했습니다.

상관없었어요. 내 코가 뻥 뚫리기만 한다면….

근데 이놈아가 뭐만 하면 자꾸 자기가 노동자의 아들이라… 스파게티 좀 먹으려면 자기는 블루칼라의 아들이라… 콘서트 보러 가자더니, 노동자의 아들이라… 이러면서 질리게 만드는 거예요. 그넘의 블루칼라~ 블루칼라~ 아버지가 스머프시니?

그렇게 또 소개팅이 망했어요.

이쯤 되니 집에선 네가 문제다! 만나는 사람마다 그렇게 마음에 안 드는 건 미션 임파서블이다. 다음 소개팅은 엄마랑 같이 나가자며 진심 걱정하시더라고요. 그러더니 무려 7년간 거절해오던 친척 아저씨 주선의 소개팅을 당장 나가래요.

이분으로 말할 것 같으면 저보다 여섯 살 연상이라 했으나 실물 영접 순간, 60대로 보이는 파격적인 노화를 겪으신 데다, 진짜 이런 말 할 처지도, 해서도 안 되는 거 알지만 한 번만 해볼게요. 정말 더럽게 못생겼습니다. 외모가 다가 아니라더니 성격은

고백 타임은 2부작으로 진행되었는데, 최근에 친구들이 마음에 드는 사람 없냐고 물어 처음으로 가슴 떨리는 사람이 생겼다고 말하니 축하가 터지며 적극적으로 대시하라 했다네요. 종합해서 정리해보면 그 떨리는 사람이 나라는 건데 제가 정말 잘못했습니다. 제발 그 말씀만은… 지금 내 수족 떨리는 거는 안 보이오?

아차차 3부가 있었죠. 초롱초롱 맛이 간 상태로 거절 타이밍도 놓친 채 우산 하나를 다정하게 쓰고 극장으로 향했지요. 비인가, 눈물인가. 엔간해서 제정신이라면 할 수 없는 황비홍 마빡 머리를 하고 나갔는데 나란히 앉으려니까 환상적인 제 옆모습이 공개되지 뭐예요. 다급히 헤쳐 풀고 미동도 없이 영화만 보고 있는데 주요 장면마다 어둠 속에서 고개를 숙여 나의 표정을 확인하시는 소름 끼치는 자상함!

영화가 끝나고 내 인생도 끝난 거 같은데 천만다행으로 비가 그쳤더라고요. 근데 왜 아직도 우산을 씌워주시는 건데요? 그 충만한 눈빛은 누구를 위한 건데요? 주저앉고 싶은 그 순간 저기 버스가 옵니다. '기사님~ 여기 제 통장이랑 도장이요. 삼 천만 원 빼가세요.' 사람 하나 살리셨어요.

세상에 친절한 거절이 어디 있겠습니까. 별수 없이 무례하게 문자로 거절했네요. 좋은 분 만나셨기를….

첫
사
랑

고찰

살면서 한 번이라도 만나지 말아야 할 것이 있다면, 변태, 사이코패스, 귀신, 티라노 사우러스, 악의 무리 그리고 마지막이 첫사랑입니다.

나의 첫사랑은 파릇한 스무 살 봄날처럼 만난 동갑내기였어요. 얼마나 아기자기한 열정을 뿜던 나이던가요. 공부하다가 피곤하다고 하면 저 멀리서 택시를 타고 와 박카스만 주고 쿨하게 돌아가던 녀석이었고, 사소하게 투덕거린 다음 날 찾아와 아무리 용서를 빌어도 화를 안 풀자 갑자기 팔을 걷어붙여 팔뚝에 문신처럼 쓴 '미안해'를 보여주는, 돈 안 드는 이벤트일수록 멋지게 해

내던 녀석이었어요.

미국으로 유학 간다며 그 짧았던 첫사랑은 끝이 났으니 그는 내가 없는 이 땅을 방황하며 나에 대한 그리움을 조각칼 하나 들고 절벽에 올라 시로 새기고, 전국의 사찰들을 돌며 정강이가 나가도록 108배를 올려 날 향한 그리움을 고통으로 승화시켜 젊음을 허비했으면 좋았으련만 녀석은 그냥 무탈하게 잘 살았던 거 같아요.

귀국한 얼마 뒤 버스 정류장에 서 있는데 근거리에서 초고주파가 발생하여 그곳을 바라보니 막 도착하는 버스에서 첫사랑이 허겁지겁 내리며 제게 인사를 하고 있는 게 아니겠어요? 머릿속에 멈칫하는 두 생각은 '현재 내 와꾸는 첫사랑을 대면하기 적절한가?'와 '저 인간이 원래 돌산 갓김치를 닮았던가?'였습니다. 당황이 앞섰지만 잠시 차 한잔하자는 제안에 마주하고 있자니 후회와 실망이 밀려들었어요.

소년은 없었고 순수함을 잃은 매력 없는 청년 하나가 내 앞에서 그나마 어장관리를 하고 있었거든요. 순수를 잃었다 하여 불한당, 잡범이 되었다는 것이 아니라 추억의 오류로 싱그럽게 간직되었던 첫사랑이 버젓이 차고 넘치는 그저 그런 현실 남자로 확인되고 말았다는 뜻이죠. 환상 속의 그대는 그날부로 사라졌어요.

사랑은 위대하여 손짓 하나에도 의미를 부여하고, 아름다움을 과대 포장하여 뮤직비디오처럼 저장하는 법이죠. 당신의 좋은 기억은 착각으로라도 보존될 권리가 있습니다. 기억은 내 멋대로 공들일 때 더욱 아름다워지거든요. 첫사랑 하나쯤은 시처럼 영화처럼 췌장 깊이 품고 살아감이 옳겠습니다.

전 글렀지만 말이에요.

잘생긴 남자를 | 대하는 자세

외모도 경쟁력이란 말엔 동의하지만, 막상 사람을 만날 때 외모보다는 그 사람의 가치관이나 철학 이런 것에 관심을 두는 편이에요. 아무리 예쁘고 잘생겨도 저는 말이 안 통하면 그게 그렇게 답답하고 싫더라고요. 남들이 잘생겼다고 말하는 남자 연예인들을 봐도 딱히 철학이 없어 보이면 별 감흥이 없어요. 그저 광대가 승천할 뿐. 따지고 보면 이것도 다 감우성이랑 이준기 잘못이죠. 왕의 남자에서 마지막에 둘 다 광대로 태어날 끄다~ 그럽디다.

어쨌거나 잘생긴 남자에게 광대 외엔 별 반응을 보이지 않는 저 같은 여자도 보고 놀란 미남들이 계십니다.

미남에게도 등급이 있는데

3등급, 어디 가면 잘 생겼단 소리 좀 솔찬히 들었겠다 싶은 반반한 남자.

2등급, 연예인인 줄 알고 돌아보게 될 정도로 후광이 비치는 남자.

1등급. 신이다~!! 싶은 남자. 배운 적 없는 라틴어로 방언이 터지는 등급이라 하겠습니다.

제가 본 1등급 미남 세 분 소개 들어갑니다.

직장에서 가끔 야식 배달을 시키는 때가 있었는데, 같이 일하는 여자 동료들이 중국집에 전화하기를 꺄악~꺄악 거리고 배달이 오면 후끈 달아올라 아주 까마귀 떼들처럼 난리가 나는 거예요. 당시 전 지인분 사업 석 달 동안 잠시 돕는 입장이어서 별 관심 없이 뭐 시키냐 물으면 난 짜장~ 이게 다였거든요. 알고 보니 배달하는 분이 엄청나게 잘생겼다고 호들갑을 떨며 자기들끼리 이미 결혼 날짜 잡고, 다둥이 집안 벌써들 되어 있고, 수타면도 뽑을 기세더라고요. 그런갑다 하면서도, 빨리 남자 친구들이 생겨야지 아직도 남자 얼굴만 보고 저러면 되니 사실 속으로 좀 한심하단 생각을 했었어요.

몇 차례 까마귀 떼가 지저귀던 어느 날, 주문하고 들떠 있던 직원들이 잠시 회의실로 끌려가 제가 배달을 받아야 하는 상황이 되었죠. 테이블에 앉아서 다리 꼬고 앉아 있는데, 저기서 왕자님이 배달통을 들고 오시네요. 보자마자 드는 생각이 왜죠? 왜 잘생겼죠? 왜 나 떨리죠? 왜죠? 벌떡 일어났죠. 배달통 뚜껑이 열리자 제가 그 안의 그릇들을 꺼내고 있더라고요. 왕자님께서 당황하시며 서둘러 테이블 세팅을 해주시는데 두 손으로 공손히 그릇을 받아들고 있자니, 아아~ 이게 부부의 연이라는 건가 싶고 간, 쓸개, 거기다 이자까지 얹어서 빼 줄 수 있을 것 같더라고요. 너무 잘생겨버리니까 얼굴이 빨개지는 게 아니라 하얗게 질리더군요. 그렇게 백옥 같은 얼굴로 그분의 뒤를 졸졸 따라가며 90도로 인사를 했답니다. 진짜 귀신을 만났어도 이보다는 침착했을 거라며.

두 번째 미남.
이 미남 설명 전에 잠시 우리 새언니를 소개할게요. 우리 오빠가 결혼한다며 데리고 온 여자는 소녀시대 윤아와 채정안을 고루 섞어놓은 듯한 여리여리하고 사슴 같은 사슴이었죠. 짜증난 거 절대 아니에요. 사실 예쁘니까 처음엔 좋았으나, 제 결혼식 날 가족사진 찍을 때 제 친구들이, "어머머~ 무슨 애 엄마가 신부보다 예뻐" "새언니 엄청 예쁘다~" 이러면서 내내 새언니 칭송을 했다고. 꼭 전해줬어야만 했니?

암튼 두 번째 미남은 우리 오빠의 결혼식 날 마주치게 됩니다. 당시 전 미혼이었으니 오빠 결혼식이 그렇게 들뜨고 설레고 하더라고요. 혼주 메이크업도 친구 말에 의하면 조개껍데기 안쪽처럼 반짝거렸다고. 그렇게 작위적으로 빛나는 자태로 부모님과 서서 손님들을 맞이하러 가는데 그때 처음 사돈 어르신을 뵙고 인사를 올렸죠. 근데 그 옆에 꿈에 그리던 내 이상형이 슈트를 입고 자상하게 절 향해 미소를 짓고 서 계시는 거예요. 새언니의 오빠! 보자마자 겹사돈 각. 그런데 아~ 이게 뭔가요. 이미 그 옆에 부인이 서 계시고 더 절망인 건 아들이 다섯 살. 흐흡~하게 잘생겼는데 외모에서 지성미가 뿜어져 나와요. 사슴 언니 오빠 아니랄까 봐 그윽하게 커다란 눈망울에 훤칠하니 키까지 크셔서 뭔가 내가 그린 기린 그림의 기린 같으신.

문제는 그럴수록 침착하게 "안녕하세요~"요 정도로 치고 빠지면 얼마나 정상인 같고 좋아요. 하나 현실은 마음의 소리가 저절로 튀어 나가더라고요. 인사도 생략하고 "흐어~ 너무 잘생기셨어요~"라고 또박또박 외쳤어요. 양가 어르신 및 그 부부가 동시에 얼음이 되더라고요. 영화에서처럼 나만 빼고 세상이 멈춘 줄 알았다니까요. 간신히 풀려난 우리 아빠만이 "아하하하하~~~"하며 절 끌어당기셨고(멱살을 잡았는지도), 사돈 어르신이 "따님도 예쁘신데요~"라며 얼버무리며 끝났답니다. 그 후로 이

지였으니까요.

　그와의 무인도 여행은 그렇게 여운만 남기며 끝이 났고, 그 후로도 전 친구를 빙자하여 신을 만나러 열심히 대학을 찾아갔지만 가끔 마주칠 때마다 의미심장한 무표정으로 저를 바라볼 뿐 신은 응답이 없으셨습니다. 그리고 몇 년 뒤 우연히 테헤란로를 걷고 있는데 신을 만났다면 주말 드라마죠. 못 만났습니다. 영영 날 버린 신! 그래서 제가 무교라는. 지금도 배가 고플 때면 그 신 얼굴이 떠올라요.

　글만 보면 꼭 제가 잘생긴 사람 좋아하는 것 같고 그렇겠지만 전 정말 외모는 중요하다고 생각을 안 한답니다. 뭐랄까 철학, 가치관 뭐 그런 것들….

600억

해보지 않은 일에 정답을 알기는 어렵죠. 일곱 살에게 학교는 미지의 세계이고 열아홉이라고 대학 캠퍼스를 알 도리는 없으며 입사 전까지 직장인의 삶을 이해하는 취업 준비생은 없어요. 결혼은 누가 뭐래도 난제이고 출산 전까진 두 시간마다 잠에서 깨는 고통을 아무리 들어도 상상 못 하죠. 유년은 청년을 모르고 청년은 노년을 몰라요.

반대로 해본 일에는 정답을 알까요? 그 역시 아니에요. 같은 조건에서 동일한 경험을 하는 게 아니기 때문에 장담할 수가 없는 거죠. 아주 단순하게 중학교 2학년 1학기 중간고사를 말해보라 해도 우리에겐 정답이 없습니다. 쉬웠다, 어려웠다, 떨렸다, 선생님이 무서웠다, 혼났다, 훔쳐보다 걸렸다, 생각도 안 난다 등 할 말은 많은데 통합 요약이 안 되니 결국 우리는 거대한 코끼리를 각자의 위치에서 만지고 있는 장님과 다를 바가 없습니다.

결혼만큼은 나라도 정답을 알려주고 싶었는데 소용이 없었죠. 겪은 극소량의 경험치에 기인한 말뿐이라 조언자로 나설 입장도 아니었고 의견만 분분해 더 갈피를 못 잡았거든요. 하기야 여행지에서도 후기가 제각각인데 그 누가 결혼을 단언하겠냐 싶다가도 괜한 무력감도 느껴졌던 겁니다. 최소한 결혼의 가치 정도는 말해주고 싶었는데 헤아릴 길이 없으니까 말이에요. 포기하던 차에 이 무슨 어부지리가 있단 말인가요! 퍼뜩 해답 하나가 등장했어요.

웹상에 실화를 바탕으로 한 질문 하나가 올라왔습니다.
"남편이 예전에 잠깐 만났던 여자를 잊지 못하겠다며, 600억을 준다고 하면 이혼하시겠습니까?"
재기 발랄하고 유쾌한 상상 초월의 답글들이 빠른 속도로 달리기 시작했죠. 주례도 가능, 축가 가능, 웨딩플래너 가능, 함진아비 가능, 가방순이 가능 등 모두가 기꺼이 이혼에 찬성했어요. 여

STORY

2

Childhood

Be who you are right now

공간이 아득해지는 기운에 휩싸이며 주서기가 부각되어 눈에 착 달라붙는 순간 무의식에 가깝게 "망가졌다"를 외쳤어요. 한 치의 오차도 없이 동작이 멈췄고 나중에 보니 산 지 일주일도 안 된 기계의 퓨즈가 나갔다는 거예요. 오빠가 어떻게 알았냐고 자꾸 물었지만 해명할 길 없는 초능력이었어요.

신비로운 꿈들은 수도 없었는데, 코끼리와 두루미가 가득한 벌판을 왕처럼 거닌다거나, 집 앞마당에 온갖 다양한 하얀 새들이 빽빽하게 나를 맞이하러 몰려든다거나, 산길을 걷는데 내 위 하늘에 학 떼가 따라와 뒤덮는다거나, 꾸고 나면 황홀할 지경이라 나는 분명 하늘에서 파견된 엄청난 존재인 것 같다며 어린 가슴이 뛰곤 했었죠.

스스로 초능력자라고 믿는 아이의 삶은 못 할 것이 없고 두려울 것이 없었습니다. 그 착각은 유년 시절엔 행복의 원동력이 되어줬고, 초능력이 사라졌다 느끼는 현재에도 언젠간 회복될 거란 희망으로 남아 있죠.

열 살이 다 되도록 이빨 요정이 주고 간 돈을 보물 상자에 고이 모셔두는 미련하게 순진한 아들에게서도 초능력을 봅니다. 인간은 보다 더 빨리 존재를 의심하고 그것이 영리함이라 우기기까지 하는데 실제 우릴 더 오래 쓰임새 있게 지탱해주는 건 덕지덕지한 믿음이지요. 산타는 가짜라고 그런 건 세상에 없다고 말한 뒤 과연 좋아진 점이 무엇이었나요? 이빨 요정을 믿는 아들은 꾸준히 돈을 받았고, 초능력을 믿었던 저는 자신만만하게 살 수 있었어요.

어쩌다 보니 각자의 사정으로 지금 잠깐 사라졌는지는 모르겠지만 모두에겐 분명 다시 돌아올 초능력이 있을 겁니다.
아브라카다브라~.

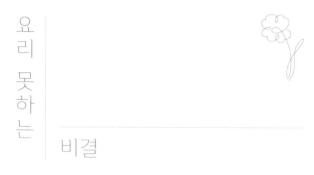

요리 못하는

비결

마른 아이는 유년 시절 내내 왜 이렇게 말랐냐는 질문들에 시달리지요. 초등학교 1학년 신체검사에서 113cm, 17kg을 찍었던 전 걸어 다니는 걱정거리였습니다. 작고 가냘픈 몸에 비실비실 감기까지 끊이질 않아 엄마는 좋은 옷 대신 건강식을 넘치게 사셨고, 책 살 돈 아껴서 영양제를 구입하셨죠. 남들 학원 다닐 때 저는 한의원을 다녔고, 5학년 때 편도선 수술을 한 이후로 집에서 생수는 멸종되었습니다. 각종 몸에 좋다는 재료들로 끓인 사약 맛 나는 육수로 대체되었기 때문이죠.

딱히 곱게 키우시진 않으셨지만 건강만큼은 절대적으로 챙기시며 에브리데이 복날을 만드신 분이 우리 엄마예요. 삼시 세 끼 진시황의 식단에도 도무지 살찌지 않는 가여운 딸 뭣 하러 고생시키냐는 소신 덕택에 밥 짓는 방법도 중학교 가정 책에서 글로 배웠을 정도죠. 존경해 마지않던 엄마표 정성 가득했던 밥상은 요리 못하는 여자를 탄생시킨 역설이 되었는데, 고기도 먹어본 사람이 먹는다잖아요. 만들어봐야 건강해질 그 맛, 먹어봐야 사약일 그 맛을 재현할 것 같은 공포에 관심을 거둔 것이죠.

불가피하게 20대 초반 유학길에 올라 사 먹기도 지쳐 처음 도전해본 음식이 침팬지도 마음만 먹으면 할 수 있다던 카레였는데, 물에 카레 가루와 야채를 썰어 넣고 한꺼번에 끓이니 한참이 지나도 야채들이 생존해 있던 기억이 나네요. 카레를 생식으로 만드는 실험 이후 요리에 대한 자신감과 같이 살던 오빠의 여동생을 향한 기대치는 0을 찍었습니다.

참다 참다 폭발해 오빠가 엄마에게 제 흉을 본 적도 있지요. 갑자기 뭔 바람이 불어 제가 보리차를 마시겠다고 주전자에 열심히 끓이더래요. 100℃로 팔팔 끓였으니까 안전하다며 주전자를 일주일 넘게 방치했던 것이죠. 짜잔~ 보리차에서 우윳빛깔이 나더래요. 제가 저지른 일인데 얼마나 충격이었으면 기억이 잘 안 납니다.

과거가 부끄러우면 현재라도 덜 부끄러워야 하는데 주부 10년차를 앞두고도 여전히 요리와 친분이 없어요. 제일 이해 안 가는 말이 이거죠. "내가 만든 음식을 맛있게 먹어줄 때, 가장 기쁘고 행복해요. 안 먹어도 배불러요." 아니던데? 요리라도 할라치면 생각만으로 피로감에 절어 내가 제일 배고프고 불행은 멀리 있는 게 아니란 생각뿐이던데? 야무져 보인다며 집밥 박선생 아니냐는 추측들도 무성한데, 주말이면 우리 집 애들은 초자연스럽게 엄마가 아닌 아빠에게 밥해달라고 부탁할 지경이에요. 엄마가 해주는 걸 먹느니 굶겠다 뭐 그런 헝그리 정신.

　　아! 짚고 넘어갈 부분이 좀 있어요. 우리 남편은 부인 힘들까 봐 요리해주는 세심한 남자가 아닙니다. 믿음, 소망, 음식 중에 제일은 음식이라고 말씀하신 식신을 섬기는 사람일 뿐이죠. 그래도 부럽다면 말리진 않을게요. 이젠 적응되었는지 가끔 제가 볶음밥이라도 만들면 안절부절 안주인님이 노하셨나 집사처럼 눈치도 본답니다. 저걸 먹을 수 있나 긴장하는 걸 수도 있고요. 지인들이 이런 속사정을 알고 월 2만 원이면 이 가정을 살릴 수 있겠다는 심정으로 반찬도 만들어다 주니 냉장고는 사시사철 젖과 꿀이 흐르지요.

　　이런 가정환경에서 제가 어찌 요리 실력이 늘 수 있겠어요?

누구의 잘못이 먼저인가요? 닭인가요, 달걀인가요? 딱하고 한심하단 생각이 들어 욕을 하시려거든 제가 못 듣는 곳에서 해주시길 당부할게요. 뒷담화 선호합니다. 요리만 못하는 거 아니거든요. 용서도 절대 못해요.

　반성의 의미로 오늘 밑반찬 두 가지를 해볼까 합니다. 하나는 김, 다른 하나는 선뜻 결정을 못 내리겠네요.

극과 극

첫째 아들은 살이 안 찌는 체질이라 보는 사람마다 한마디씩 거들어 어미 속을 살짝 태우긴 했지만, 그 밖엔 놀라울 정도로 내 속에서 나온 걸 증명이라도 하듯 내 미니미 같기만 하여 이해하기가 쉬운 아이였어요. 까칠하게 굴 때조차 왜 이러는지 이유를 알 수 있을 만큼 육아 자체는 힘들었지만 아이의 심리를 파악 못해 힘든 일은 없던지라 고맙게 생각하고 있지요.

외모는 길쭉 슬림하게 이국적이기까지 하여 우리 부부는 서로 자신을 닮았다고 우겼었지만 어쩜 그렇게 부모 둘의 장점만 쥐고 태어났던지 가족 내 군계일학이었지요. 특히 결혼 안 한 처자들이 좋아할 만한 외모로 뭐랄까, 서울특별시 강남구에서 나고 자란 느낌이랄까?

순한 아기는 아니었지만 세 살 무렵부터 생각이 많고 배려가 깊어 감동한 일도 많았어요. 엄마가 힘들어할 일들은 진작 헤아려줬고, 정리 정돈은 취미에, 집중력도 높아 책이나 장난감을 혼자서도 무한정 가지고 노니 엄마의 손이 한가할 정도였어요. 장난감을 사달라고 조르는 일도 없었고, 작정하고 데리고 나간 장난감 가게에서는 누가 보면 돈에 주눅든 아이처럼 겨우겨우 작은 거 하나를 손에 쥘 정도로 네 살부터 조기 경제관념이 자리잡혔던 아이였습니다.

친구들과 어울리는 것을 좋아하면서도 양보의 미덕을 자주 발휘해 강탈도 자주 경험했는데, 자신을 때리는 친구를 똑같이 때려버리면 친구가 아파할 것이므로 결단코 때릴 수 없다고 말해 어미 속만 뒤집어놓던 성품 고운 아이였습니다. 하는 말마다 알아듣고 의견을 낼 줄도 알아 실수 내지 사소한 사고조차 치지 않는 모습에 뭐 이런 애가 다 있나 했었지요.

조심스럽고 배려 넘치고 반듯한 아이가 여러모로 엄마를 흐뭇하게 해준 것은 맞지만 지나치게 완벽주의적인 성격이 나의 강박인 탓 같아 걱정인 날들도 많았어요. 기우였습니다. 둘째가 태어난 이후로 말이죠.

둘째의 신생아 때 사진을 보면 첫째와 데칼코마니처럼 똑 닮은 외모로 제2의 미니미 탄생을 예감케 했지만, 일주일 만에 살이 차올라 볼살은 흘러내리고 몸살은 접히며 자이언트 베이비가 되었지요. 온 동네 할머니, 할아버지들의 사랑을 독차지했습니다. 뭐랄까, 서울텃밭시 강낭콩구 태생 느낌이랄까?

문제는 외모만 순둥이일 뿐 성격은 첫째와 극과 극 그 자체였어요. 수틀리면 빅 베이비는 고성과 함께 맨바닥에 쫘당 드러누웠고 카트에 앉은 돌 된 아기가 몸을 날려 장난감 쪽으로 손을 뻗을 땐 가제트 팔인 줄 착각할 정도였지요. 집중력은 고사하고 무릎에 앉혀 책이라도 읽어주려 하면 첫 장을 잡고 찢더군요. 포기하고 자유를 주면 책이며 벽이며 북유럽 느낌의 새하얀 매트며 가리지 않고 추상화를 그려댔어요. 도대체 애들을 어떻게 키웠길래 집 안이 저 난리냐고 이해 못 했던 지난날들을 즉시 납득시켜주는 변호사 같은 아이였어요.

행여 미술 신동인가 싶어 도화지를 내어주면 정작 세모도 못 그리니 소질 찾아주는 데만 50년은 걸릴 것 같은 기분이었습니다. 주장도 강해 필 꽂히면 저지르고 마는데 공공장소에서 멋대로 도망가 잃어버렸다 찾은 적도 많았고, 미끄럼틀에서 한참 큰 형들도 당당히 밀치며 비켜~ 라고 고함을 치니 목놓아 부를 그 이름은 미안해였습니다. 승부욕도 지나쳐 형이 마술을 보여주자 질 수 없다며 "여기 레고가 있지요, 자~ 사라집니다!" 하면서 작은 부품을 입에 넣고 꿀꺽 삼켜버려 데이비드 카퍼필드도 못 이뤄낸 레고 마술을 완성해냈으며, 부품을 찾아낸 건 3일간 아이의 똥을 휘저은 아빠였지요. 일찌감치 기강을 잡아보겠다고 형 다니는 검도장에 등록해줬더니, 본인이 제일 못한다며 화가 난 아이는 "엄마 오라 그래~!"라는, 사장 나오라 그래 이후 초절정의 캐치프레이즈를 남겨 엄마를 반성문 같은 편지 쓰게 만든 아이죠. 가장 최근엔 어린이집에서 졸업식 송사를 뽑는다고 하자 낫 놓고 A라고 읽는 아이가 무작정 손들고 나간 것까진 좋았는데 주어진 대본을 읽을 때가 되자 중압감을 이기지 못하고 울음을 터트렸다고 합디다. 집에 돌아온 아이는 "나 이제 안 갈래요. 어린이집은 참 어려운 곳이야."라며 남 탓까지 했어요. 덕분에 콩가루 집안 되는 건 삼시간이었고 사람들이 슈퍼주니어의 쏘리 쏘리 그 노래 작사가가 저인 줄 알아요. 맨날 술이야 그 노래도 제가 만든 줄.

극과 극을 체험하면서 얻은 것은 있었습니다. 사실은 뭐라도 남는 게 있어야 할 것 같아 단전에서 끌어낸 것이긴 하지만 자식

가진 사람들은 이래서 말조심하라는 거였구나를 절실히 깨달았죠. 떼쓰는 자기 딸에게 절절맨다며 한심하다고 생각했던 일, 애한테 언성을 높였다고 인내심 없는 부모라며 험담했던 일, 애 하나를 못 돌보니 부모 자격이 안 된다고 나무랐던 일들이 수도 없이 민망하게 밀려오더군요. 모성애, 부성애도 시간이 걸려야 차츰 생겨난다는 걸 한참 뒤에야 이해했어요. 들이닥친 생명과 버둥거린 흔적이면 사실 충분했던 거죠.

    자식이 쥐고 태어난 성향에 맞춰 최선을 시도하며 노력하는 게 부모가 할 일이지, 아이 성향과 관련한 일련의 결과들을 문제로 인식하고 고민하는 것 자체가 의미 없는 일입니다. 정답도 장담도 없으니까 애쓰는 마음이면 만점인 게 육아인 것이죠. 그러니 세상에 엄마 아빠들 다들 참 잘했어요~.

칭키스찬

자화자찬이 민망하지 않을 정도로 꾸준히 실천한 육아법이 있다면 틈날 때마다 으스러지게 안아주고, 뽀뽀 세례를 퍼붓고, 눈을 바라보며 크고 작은 성과들에 칭찬을 해준 일입니다. 혼자서 샤워를 하다니 정말 대단해, 아까 형에게 사과하는 모습은 진짜 멋졌어, 이 어려운 문제를 풀다니 너는 정말 굉장한 애구나 등 지겹도록 칭찬을 해줬는데 아이들은 단 한 번도 지겨워하지 않더라고요. 칭찬을 아끼지 않는 데에는 그럴 만한 이유가 있습니다.

첫째, 꾸준한 칭찬은 부모만이 가능합니다.

한 연구팀이 실험을 통해 지나친 칭찬은 오히려 독이 된다고 경고한 적이 있었는데 아주 쓰잘데기 없는 연구였다고 생각해요. 인간은 내가 아닌 타인에게 내내 관심을 갖고 끈질기게 격려할 수 있는 동물이 아니에요. 아무리 비싼 교육 기관에 아이를 보내봐야 학습 성과를 높이기 바쁜 것이지 개개인에게 맞는 심리적 포상을 내려주지는 않아요. 내가 낳고 키운 자식에게도 끊임없이 칭찬해주기가 어려운 법인데 하물며 남이 그런 시간적 여유와 인내를 가져줄 리는 만무하잖아요. 그나마 가장 가능성이 높은 존재가 부모인 것이고, 가능성으로만 남겨둘 수 없으니 부모가 된 저는 기꺼이 칭찬을 해준 것뿐입니다.

둘째, 정확한 칭찬도 부모만이 가능합니다.

물론 아이의 성과나 재능은 부모가 아니더라도 타인에 의해 발견될 수는 있습니다. 말하려는 것은 아이의 특징을 파악하는 정확도가 아니라, 애정을 가지고 일상을 나누는 존재만이 사소한 시간 속 소소한 성과가 있는 바로 그 정확한 시점에 정확한 방식으로 정확한 칭찬을 해줄 수 있다는 말이죠. 침대를 정리했구나? 숙제를 벌써 끝낸 거야? 엄마는 너처럼 멋진 아들을 낳아서 진짜 행복해 등, 가랑비처럼 하지만 정확하게 적셔주는 칭찬들이 쌓였을 때 아이는 갖추면 삶에 이득으로 작용할 태도와 가치관을 터득하게 됩니다. 부스스한 아침에도, 밥을 먹고 난 직후에도, 잠들기 전 머리맡에서도 당장 필요한 칭찬이라면 미룰 필요가 없으니 바로 해줬던 것뿐이죠.

셋째, 칭찬은 고효율 치유법입니다.

입이 좀 아파서 그렇지 심지어 돈이 드는 일도 아니니까 따져볼 필요도 없이 고효율인 것인데, 사람 마음을 치료하는 데 이토록 손쉬운 방법은 여태 경험해보지 못했거든요. 사람은 왜 사는가? 왜 사냐건 웃지만 말고 한 번 속시원하게 대답 좀 해보자고요. 우리는 인정받고 싶어서, 사랑받고 싶어서 사는 거잖아요. 한 번이라도 더 관심 받고 싶어서 노력이란 것도 해보는 것이고, 알아주기를 바라다가 그 기대가 팽 당하면 삐뚤어지기도 하는 것이고요.

칭찬은 만능 간장처럼 인정도 되었다, 관심이나 사랑도 되었다 하면서 시시때때로 효과를 내는 것인데 잘한다~ 잘한다~ 하니까 '날 봐줬네, 날 인정해줬네, 날 아끼나 보네.'가 느껴져 잘하고 싶어지는 거예요.

이것은 아이부터 성인까지 두루 가르쳤던 제가 현장에서 실무로 익힌 치유법이기도 했는데 특히 위축되거나 꼬인 생각에 눌려 있다 싶은 경우엔 특효약이었죠. 사람의 마음이 억눌려 있을 때는 그만큼 사랑이 더 필요한 경우라 할 수 있습니다. 그를 알아봐주고 언급해주는 일만으로 그 사람은 갓 건조기에서 꺼낸 수건처럼 부들부들해졌고, 수도 없는 변화들을 목격하면서 단 한 차례의 실패도 겪지 않았기 때문에 이런 확실한 방법을 내 아이들에게 안 쓸 이유가 어디에도 없음을 알게 된 것입니다.

이 아이가 칭찬과 키스만 해줘도 세계 정복을 꿈꿀 만큼 단단해질 것을 아는데 얼마든지 무료로 배포할 수 있는 거잖아요.

미국 씨월드에서 직접 범고래 쇼를 관람하면 눈앞에 펼쳐지는 묘기가 비현실적으로 다가오게 될 겁니다. 어마어마한 크기에 호락호락하지 않은 습성의 동물임을 알아 여타 동물 쇼와는 달리 훈련 방법이 가늠되질 않기 때문이죠. 의문은 그 유명한 '칭찬은 고래도 춤추게 한다'를 읽고 해소되었는데, 무조건 정답이었습니다. 칭찬 외에는 그 어떤 것도 점프를 가능케 할 수 없었겠지요.

STORY

3

Adulthood

I have GPS, so we'll never get lost.

세입자 vs 세입자 결투

이 글은 개인 실화를 바탕으로 부동산 거래 시 도움이 될까 하여 씁니다.

저의 첫 신혼집은 남편 회사 근처 신도시의 대단지 '새' 아파트였습니다. 대단지 새 아파트는 통상 입주 전에 전세 매물이 쏟아지면서 주변 시세보다 낮은 전세가를 잡을 수 있다는 이점이 있죠. 대신 다음 갱신 때 전세가를 대폭 올려 받는 단점도 있고요.

저의 첫 주인님은 해외 거주자로 잠시 한국에 들어와 계약서를 쓰시면서 덕담도 해주시고, 자기들 들어올 일 없으니 살고 싶은 만큼 오래오래 행복하게 살라며, happily ever after 막 그런 거

하라 하셨습니다. 그짓부렁~.

1년 반 지나니 주인님이 월세로 전환하신다며 월세로 오래 오래 행복하게 살라셔서 이사를 결심하게 되었죠. 아이가 어려 같은 단지 내에서 전세를 구하는데 어찌나 까다로운 주인들이 많던지, 애가 어려 안 된다, 남자아이라 안 된다, 그냥 느낌상 안 된다, 정말 주인님 나빠요~. 결국 남은 선택지 하나가 바로 옆집이었습니다. 현재 집 701호, 이사 갈 집 702호.

이사 견적 내러 오신 실장님께서 제 손을 잡고 어찌 이런 일을 겪냐는 눈빛으로 알아서 이사비를 마구 깎아주셨답니다. 무릇 이사를 가면 좀 들뜨고 긴장되는 그런 기분이 들어야 하는데 앞뒤가 똑같은 전화번호도 아니고, 좌우만 다른 집에 이사를 하려니까 스포일러 당한 기분.

이사 3일 전, 옆집이 시끄럽길래 내다보니 사정상 3일 먼저 이사를 간다는 거예요. 냅다 달려가 제가 이 집에 이사를 올 예정인데 미리 청소라도 하게 비밀번호 좀 알려달라 하니 흔쾌히 메모지에 적어주시더라고요. 이게 또 장점이구나 싶어 집에 돌아와 신나고 있는데 3분 뒤 초인종이 울립니다. 혹시 문제될 수도 있으니 메모지 돌려달라고요. 영화에서 범인의 차가 도주를 할 때 차 넘버 막 외우고 그러잖아요. 그짓부렁~. 제가 아이큐가 151인데

(극적 긴장감을 위해 대충 넘어가요) 숫자 6개가 안 외워져요. 순순히 메모지를 돌려드렸죠. 뭐 양심상 외웠어도 몰래 가서 청소할 범법 정신도 없기는 해요.

　　이사 1일 전, 부동산에 연락했습니다. 하루 전이니 청소 좀 하게 전 세입자에게 비밀번호 설득 좀 부탁드린다고요. 부동산도 인정에 이끌렸는지 지금은 못 알려주고 대신 이사 당일 아침 7시에 알려주신다 했습니다. 덕분에 아침 7시부터 이사 청소와 동시에 이사 업체의 진귀한 이사 광경을 보게 되었죠. 책장에 책이 꽂힌 상태로 이동하데요? 위치 안 알려줘도 알아서 수납장, 싱크대, 옷장 등에 정말 좌우만 바꿔서 착착 정리를 해주시는데 10시 넘으니 대강 정리될 정도로 아주 수월하게 이사가 끝나는 줄 알았습니다. 두둥!!

　　갑자기 전 세입자가 집에 들어오더니 "내 이럴 줄 알았어~."라며 화를 내더라고요. 당시 남편은 베란다에 고일 벽돌 같은 걸 찾으러 나가서 저 혼자 집에 있었는데 여기서 문제가 좀 있었습니다. 이사 2일 전 반영구 화장 리터치를 한 상태였거든요. 반영구+반영구 두 번 하니까 완전 영구가 되어 있었죠. 거기다 시선을 분산시키겠다며 하체 비만에 딱인 얼룩말 무늬 배기바지를 입고 있었으니 개그맨들도 울고 갈 분장 상태!

전 세입자는 자기 동생을 데리고 와서는 누구 맘대로 자기 집에 들어와서 청소냐며 노발대발하는 상황이었고, 저는 오해라 며, 부동산에서 알려주신 거고, 당연히 알고 계시는 줄 알았다며 정말 상냥하게 해명을 하는데도, 와~ 초식동물이라고 만만해 보 이는 건지, 끝까지 믿지 않으며 화만 더 커지더라고요.

엄밀히 11시가 계약서 작성 시간이라 먼저 이사를 한 제 잘 못이 맞기에, 정말 오해다, 진정하셔라, 상황은 이렇게 된 건데, 왜 화나신 줄 알겠지만, 전혀 문제될 일도 없고 이제 곧 계약 시간 이니 좋게 넘어가달라 부탁을 하는데도, 마치 그간 쌓였던 스트 레스를 오늘 너에게 다 풀겠단 심정인지, 혹은 영구 여자 혼자 있 다고 만만하게 보는 건지 이삿짐을 다시 빼래요. 아직 자기 집이 라고. 솔직히 니 집은 아니지~ 라는 말이 목구멍에 걸렸지만, 화 를 키워봐야 좋을 건 없겠다 싶어, 계속 리슨 앤 뤼핏을 하며 양해 를 구했죠. 따리리디리디~.

정말 남자 둘에게 탈탈 털리고 있는 바로 그때 잠시 나갔던 남편이 돌아왔습니다. 잠시 소개를 하자면, 남편은 키도 덩치도 커요. 유순한 성격을 가졌으나 외모가 받쳐주질 못해서 그냥 서 있으면 이겨요. 그런 남편이 양손에 벽돌을 들고 나타나서는 "무 슨 일이시죠? 밖에서 들으니 시끄럽던데~."라고 정말 버터구이

오징어처럼 젠틀하게 질문을 하자마자 이 두 남자가, "아니 이 키만 주고 가면 돼요."라면서 몇 개의 키를 주고 내빼는 거예요. 와써글~ 그니까 내가 지금 영구라서 당한 게 맞는 거잖아요? 지금 생각하니까 또 분하네요.

마무리는 잘 했습니다. 부동산에서 중재해주시며 자기가 비밀번호 알려준 거라 우리 잘못은 아니었다며 이해시키고 서로 필요한 계약 끝나고 화해한 후 헤어졌어요.

당시는 화가 났지만 전세금처럼 큰돈이 오가는 일인데 당연히 깐깐하고 까다롭게 구는 게 맞지요. 자기 집이라 주장하고 싶었다면 그때 짐 하나 정도는 두고 나가야 더 안전합니다. 다만 얼룩말한텐 화내고 수사자한텐 꼬리 내린 그 모습이 좀 못나 보였던 거죠.

정말 집 관련하면 별별 속상한 일들이 많아요. 집주인이라서, 세입자라서, 각자의 상황도 다르고 불특정 다수가 큰돈을 두고 엮이는 일이라 항상 긴장되고 그 어느 때보다 서로 배려가 필요하죠. 속상한 점 있더라도 법적으로 꼼꼼하게 따지는 거 잊지 마시고요.

행운을 빌며 마지막으로 교훈: 이사 갈 땐 얼룩말 바지 입는 거 아니다!

플리 마켓

길거리 전신주마다 일시와 장소가 적힌 손글씨 전단들이 너더분하게 붙어 있고, 주말이면 몇몇 집 앞마당에 행거와 매대 한가득 중고 물품이 진열된 광경은 제가 미국에서 일상으로 접했던 거라지 세일의 모습입니다. 심지어 속옷을 파는 경우도 있어 과연 누가 들러줄까 싶었지만 언제나 이웃들이 몰리는 작지만 미국식 정이 넘치는 축제 같은 문화였지요.

친한 미국인 할아버지가 거라지 세일을 하신다기에 몇 달러 들고 참여한 현장에서 세대 차이 느껴지는 올드한 물건들에 마땅히 손 가는 곳은 없었지만 한국식 의리로 집어든 욕실용 방수 시계를 1달러에 샀으니 개이득 같았지요. 샤워만 하고 나면 시계에 김이 서려, 뵈는 게 없다는 사실을 알기 전까지는 말이에요.

거라지 세일이나 플리 마켓에서 가끔씩 골동품을 헐값에 사는 경우가 있다 하여 혹시라도 명화나 장인이 만든 도자기, 혹은 영국 왕실의 보석 등을 구할 수 있는 것은 아닐까 많이도 기웃거렸지만 어쩜 그렇게 모지리들이 한 명도 없는지 가는 곳마다 바가지를 안 쓰면 다행이었습니다.

성공적인 구매 사례는 한 번도 없었지만 잘산다는 나라의 중고 거래는 이 나라가 잘살게 된 원동력 같았고, 돈을 굳이 과시하지 않아도 되는 심리, 남이 쓰던 물건에 거부감 없는 쿨한 정서는 진짜배기 부자의 철학이라고 느껴졌어요.

덕분에 중고 거래의 거부감은커녕 약간의 로망까지 생겨난 전 한국에서 처음으로 중고 의자를 직접 거래해보기로 했습니다. 이 의자로 말할 것 같으면 한창때 여왕님이 되길 꿈꾸며 흰 책상에 어울리는 폭신한 깔 맞춤 의자를 사겠다고 눈 빠지게 골라 인터넷으로 주문한 하얀색 인조 가죽 회전의자였습니다. 실물을 못 보고 산 거라 앉았을 때 등받이가 내 머리 위로 한참 올라갈 만큼 크다는 사실과 내 짧은 다리가 허공에 뜬다는 사실을 인지할 턱이 없었죠. 더욱이 팔걸이가 높아 책상 밑으로 들어가지질 않으니 방 한복판에서 뱅그르르 돌며 놀이기구처럼 쓰기에 안성맞춤인 의자였습니다. 간단히 말해 잘못 산 의자였죠.

이 의자에 앉아 스타크래프트를 하든, 필라테스를 하든 그건 살 사람이 알아서 결정하시고요, 암튼 팔도강산 어딘가엔 하얀색 사장님 의자를 꿈꾸는 딱 한 명만 존재하면 된다는 철학으로 게시글을 올렸습니다. 한 시간도 지나지 않아 들뜬 목소리의 구매자에게 전화가 걸려왔습니다. 본인은 한 시간 떨어진 곳에 살고 있으며 차도 빌려야 하는 상황이니까 만 원만 깎아달라더군요. 첫 중고 거래 마수걸이라 기분 좋게 그러라 했는데, 이 신뢰감 넘치는 목소리는 갑자기 자기소개를 하며 본인은 국내 굴지의 식품 회사에 다니는 촉망 받는 인재로 냉동 돈가스를 엄청나게 보유하고 있으니 의자 값을 돈가스로 지불해도 되겠냐 제안해 오는 것이었어요. 창의적이잖아요. 시대가 바라는 인재상 같았어요.

신선한 방식의 거래에 그저 좋다고 신이 난 건 돈가스 튀겨 먹을 돼지 같은 생각 때문이었죠. 드디어 초인종이 울리고 문이 열리자 대리님 느낌의 도시적 남성이 돈가스를 가득 담아 온 것도 모자라 함박스테이크랑 동그랑땡도 얹어 주시길래 덩실덩실

의자를 내어드렸습니다. 퇴근한 남편이 돈가스를 먹으며 근데 그 의자 얼마 주고 샀냐 묻더군요. 25만 원에 샀다고 대답하면서 돈가스를 먹으려다 생각하니 돈가스치곤 좀 비싼가 싶더군요.

미국에서도 못 만났던 모지리가 저였습니다.

셀프

인테리어

생애 첫 집을 장만하면서 돈독하게 은행과 손을 맞잡았던 저에게 셀프 인테리어란 선택이 아닌 필수였습니다. '셀프 인테리어'를 했다고 하면 흔히 직접 톱질을 하고 페인트칠을 했을 거라 상상하는데 업체를 끼지 않고 개인이 인력을 모집해 진행하는 공사 작업을 셀프 인테리어라고 부릅니다.

예산이라곤 900만 원이 전부였던 저는 평당 100만 원 이상을 부르는 업체는 엄두조차 낼 수 없었고 해주지도 않았겠지만 해줬더라도 현관에 신발장 바꿀 때쯤 공사가 중단되었을 거예요. 믿기지 않는 저예산으로 저란 여자는 무려 헤링본 바닥을 깔아내고야 말죠. 잠시 복받치고 갈게요.

셀프 인테리어는 작업 순서에 맞춰 스케줄을 짜는 것이 첫 번째 할 일입니다. 예산이 부족할수록 명확하게 선호도를 파악하셔야 하지요. 얼토당토않게 어디서 본 건 다 해보려 한다면 은행과 절친이 되어야 할 겁니다. 인테리어의 기본 순서는 다음과 같습니다.

철거-샷시-목공, 전기-인테리어 필름-설비, 방수, 타일-바닥-도배-가구(싱크대, 신발장, 붙박이장 등)-조명-청소

보시다시피 전혀 어려울 게 없습니다. 각각의 작업자를 인테리어 관련 사이트에서 모집해 직접 면접을 본 후 마음에 든다면 계약 및 일정을 잡으면 끝입니다. 쉽게 과정을 설명하면 철거해주실 분 모집, 면접, 계약, 일정을 잡고 다음 샷시 하실 분 모집, 면접, 계약, 일정을 잡은 후 잠시 넋이 나갔다 싶으면 심신의 안정을 취하고 돌아와 목공 해주실 분 모집, 면접, 계약, 일정…. 어디 하나 어려운 부분이 없지요? 돈이 부족해 네 분말고는 더 모시고 싶어도 모실 수 없었던 제 상황을 천운으로 여기고 있습니다.

철거-인테리어 필름-바닥-도배

인력 모집은 간략하게 'OO동 OO아파트 OO평 작업 견적 부탁드립니다.' 게시글을 올리면 대략 382개 정도 쪽지와 채팅이 쏟아질 거예요. 산뜻하게 성품 고와 보이는 한 분을 고르기만 하면 되니까 돌고래 이상의 지능이라면 누구나 할 수 있는 일이죠. 쪽지만으로 인성을 판단하기 힘들 땐 복불복 게임이라 생각하고 뽑기만 하면 되니까 얼마나 재미있게요? 인테리어도 하고 벌칙도 받고.

이제 본격적으로 인테리어를 시작할 단계예요.

집 안 전체를 철거하려면 많은 시간이 소요되겠지만 우리는 함부로 철거했다간 새로 채워 넣을 돈이 없으므로 거실과 주방 쪽 바닥만 철거하기로 해 세 시간 만에 작업이 끝났습니다. 인테리어 필름 사장님과는 인연이 맺어졌는데 점심값을 후하게 챙겨준 것이 고마우셨는지 노동의 신성함을 아는 사모님이라며 '명예 회장님'이라는 타이틀을 내려주셨어요. 복지 포인트 및 혜택은 없었습니다.

다음은 대망의 헤링본 바닥! 보통 두세 분이 팀으로 다니시는데 보조 일을 하는 젊은이가 우리 첫째와 공교롭게 이름이 같아 괜스레 애틋했지요. 하필 팀장이 거친 사람이라 계속 우리 아들 이름을 불러대며 젊은이를 구박했는데 어미 마음 여러 번 미어졌네요.

어찌되었든 바닥까지 잘 깔렸으니 이제 도배만 잘 끝내면 꿈의 셀프 인테리어는 이루어지는 겁니다. 인테리어 준비를 하나부터 열까지 혼자 주관하느라 지칠 대로 지쳐 있었거든요. 남편이 하루 휴가를 내 도배만큼은 자기가 감독하겠다 해서 이틀 동안 친정에서 푹 쉴 수 있었습니다.

결혼 다음으로 후회했어요. 어차피 힘든 거 하루만 더 힘들 걸 하고.

연락하고 면접 봐서 업체 선정했고, 작업 내역과 컨셉, 자재 등 꼼꼼히 골라 일정도 잡았고, 점심값 배분, 취향에 맞는 간식까지 준비를 끝내놓은 상태라 딱히 남편이 할 위대한 업적 따위는 없었습니다. 혹시라도 이상한 점을 발견했을 때 "이상하군요." 뼈 끔거리기만 하면 되는 숨쉬기 다음으로 쉬운 일이었다고요.

일부러 빵점 맞기도 힘들다죠? 남편이 그걸 해내고야 말았습니다. 방 두 개를 똑같은 색 도배지로 바를 동안 남편은 같은 시공간에 존재해 있기만 했던 거예요.

원인은 사장님이 도배지 모델명을 적을 때 실수로 두 방의 모델명을 똑같이 적은 것에서 시작된 건데 다행히 바로 전화를 주서서 "아까 두 방 도배지가 달랐죠? 제가 똑같이 적어놔서." 이러시길래 고쳤겠거니 했지요. 안 고쳤던 거예요. 사람이 하는 일이고 누구라도 실수할 수 있는 거니까, 또 일부 남편에게도 책임이 있다고 느껴 정말로 아쉬움만 전할 생각이었어요.

"사장님~ 잘 끝내주셔서 고맙습니다. 근데 두 방 도배지가 같은 것으로 되었더라고요."

말이 끝나기도 전에 "무슨 말씀이세요? 내가 계약서에 써진 데로 준비했고 남편 분께 다 확인받고 작업한 거잖아요."

전쟁의 서막이었죠.

"아니, 사장님, 계약한 날 직접 전화하셔서 저한테 모델명 확인하셨잖아요. 기억 안 나세요?"

"아아~ 그건 안방 도배지 말한 거였어요."

명예회장님한테 이러면 안 되는 거잖아요. 참고로 저는 이미지 관리를 위해서가 아니라 선과 악을 선별해내기 위해 친절하게 살고 있습니다. 좋은 사람일수록 친절에 아름답게 화답하지만 나쁜 사람일수록 우쭐대며 가면을 벗는 법이죠. 꾸준히 친절했던 언행은 필요할 땐 강력한 무기로 변신해 나쁜 사람을 걸러주기도 한답니다. 내내 사장님이라고 깍듯하게 굴던 제가 절도 있게 호통을 쳤어요.

"아. 저. 쉭!"

전화기 너머 한파가 느껴지더라고요. 우리 아저씨는 잘못을 인정하지 않은 대가로 20여 분간 장군님의 잔소리를 들어야 했고 이틀 뒤 도배지를 들고 방문해 홀로 외롭게 한쪽 방을 도배해야만 했습니다.

마무리가 좀 아쉽지만 저예산 셀프 인테리어는 대성공이었어요. 이제 남은 건 아주 소소한 마무리 작업뿐입니다. 작업이라 해봐야 싱크대, 신발장, 장식장, 드레스룸 화장대 그리고 붙박이장 세 군데 문짝 다 뜯어서 필름지 재단해서 붙이고 기포 뺀 다음 다시 문짝 단 것, 벽과 몰딩에 두 시간마다 젯소 두 번 칠하고 페인트 세 번 칠한 것, 타일 줄눈 일일이 파내고 메지 채워 넣은 것, 조명 교체해주시다가 우리 아빠 허리 다칠 뻔했던 것, 보일러 작동기, 안내방송 스피커, 콘센트 교체하다 정전 났던 거가 다니까 눈 깜짝할 새 해치우고도 남을 간단한 일들이었답니다.

남들 출산 후에 산후풍으로 고생할 때 저는 아직까지도 인테리어풍으로 매년 고생해요. 진심으로 셀프 인테리어를 추천합니다.

전설이다

남미 엉덩이를 가진 저는 체형에 맞는 국내산 바지가 없는 관계로 플레어스커트를 즐겨 입는 여자였지만 속으로는 음흉하게 애 낳을 때 보자, 10분 콜을 외치며 긍정을 잃지 않았었지요.

자연분만으로 유명한 병원에서 만삭 산전 검사 때 의사가 속 골반이 좁으니 뻔한 고생 말고 수술 날짜를 잡자더라고요. 대형 엉덩이는 그렇게 용도를 상실했고 자괴감을 느낀 전 과감하게 병원을 옮겼습니다. 새로운 병원에서 한 번 본 담당의와 친해질 시간도 없이 하필 담당의가 휴가인 때 저는 애를 낳으러 갔습니다.

무통 주사를 두 번이나 맞아 정신적 향락에 빠져 있을 즈음, 처음 보는 당직의와 두 손 꼭 잡고 힘을 주는데 도통 힘이 안 들어가는 겁니다. 얼굴에 힘주지 말라는 명대사를 들으면서도 꿋꿋하게 이마에서 턱까지만 힘을 주니까 나와야 하는 아기 대신 다른 게 나왔다죠. 말로는 괜찮다면서 똥 씹은 표정의 간호사. (본 거지, 씹은 건 아니잖소.) 허리 아래로 아예 감각이 없어 기합만 넣기를 반복하자 실랑이로 지친 의사가 최후의 방법이라며 제 배를 누르겠다는 겁니다. 가슴과 배가 만나는 경계선에 팔뚝을 얹었더니 치약을 짜듯이 아래로 밀어내 아기가 나오게 하려는 개수작이었죠. 혼자서는 역부족이라 나중엔 간호사와 두 팔 마주 잡고 제 배를 짜는데 듣도 보도 못한 고통을 넘어 공포가 엄습하더군요. 상체의 모든 실핏줄이 파바박 터지는 걸 실시간으로 느꼈습니다.

아~ 애 낳다 죽는 사람이 있다더니 나구나. 처참하게 죽었나 싶은 그때 의사가 사죄를 했어요. 최선을 다했지만 아기가 위험해서 수술을 해야 할 거 같다고요. 그때 떠오르는 사람은 엄마도 아빠도 하나님도 부처님도 아닌 첫 번째 병원 담당의. 그 의사 말 들을걸. 명의셨도다.

늦은 밤 마취과 의사를 호출하며 난리통이 된 수술대로 옮겨지는 긴박한 순간에도 저는 간호사를 불러 나지막이 속삭였습니다.

"스티치 예쁘게 해주세요~."

잠시 기억이 삭제되고 눈을 뜨자 아기는 태어난 거 같은데 홀로 회복실에 누워 있더군요. 이불 속에서 진도 5.3으로 떨리고 있는 내 몸뚱어리. 주변이 새하야니까 여기가 천국인가 싶고, 호출 버튼을 누르니 백의의 천사가 나타나더라고요.

"네~ 산모님."

"어덜덜덜, 후덜덜덜~ 제 몸이 왜 이렇게 떨리죠? 덜덜덜~."

"마취에서 깨어나셔서 그래요."

생사를 오가는데 저 시큰둥한 천사님 말투 뭐냐며 보통의 산모보다 두 배 더 회복기를 거친 후 산후조리원에 입성을 하게 됩니다. 분명 일반실로 예약했으나 행정이 꼬여 남은 게 특실밖에 없는 득템 상황. 드넓은 특실 들어가기를 조리원의 사과까지 받았으니 나는 본투비 럭키녀다 생각한 것은 오산이었죠. 핏줄이 터진 여파로 피부는 보랏빛으로 변했지, 눈 흰자위는 시뻘건 색이지, 그 몰골로 VIP실에서 나와 조리원 복도를 어그적 걷는 산모를 일컫는 사자성어, '워킹데드'.

특실이 가장 괴로웠던 건 일반실은 침대 옆에 전화기가 붙어 있는 것에 반해, 특실은 침대 맞은편 저멀리 장식장 위에 있단 거였는데, 좀비 산모는 수유 콜이 울리면 가까스로 몸을 비틀고 꺾으며 일어날까 말까 했는데 전화벨이 끊기곤 했다지요. 나중에야 알았지만 제왕절개 때문이 아니라 갈비뼈에 금이 가서 그토록 직립보행이 힘들었던 거랍니다.

워킹데드는 수유실까지 걸어만 가도 기적인데, 뭐 이렇게 만들라고 시키는 게 많던지, 삼시 세끼 이 귀찮은 세끼! 또 처음 보는 산모들이 자꾸 "언니~ 언니~" 부르며 붙임성들은 왜 이리 좋은지. 딱 봐도 나보다 열 살은 어려 보였지만 예의상 나이는 물어봐주고 언니라고 불러줬더라면 좀비가 사람을 물지는 않았을 텐데….

그렇게 저는 전설이 되었습니다.

원래가 애 한 번 낳으면 유세 떨고 싶은 거라며, 군대에서 공만 차도 영웅 되는 세상인데 나 정도면 전설이 맞다며, 그런 전설로 태어난 분들께 너른 이해와 양해를 부탁드리겠습니다.

앤 더머러

돈이 착착 감기려면 잘 버는 것만큼이나 잘 쓰는 내공이 받쳐줘야 합니다. 가성비와 가심비는 기본에 최저가로만 구입하는 자에게 부가 뒤따를 것입니다.

최저가로 정렬해도 바로 최저가가 뜨는 건 아니므로 깐깐하게 페이지를 클릭하며 진정한 최저가를 찾아내는 게 살짝 귀찮은 작업이기는 하지만 절약되는 돈을 생각하면 이 습관을 고사할 이유는 없다고 주장합니다.

반면 안빈낙도를 즐기는 남편은 허술하기 짝이 없는 구매 능력을 장착하고 있는데 피카소 진품을 사려고 경매장에 간 것도 아닌데 왜 매번 최고가로 물건을 낙찰 받아 오느냔 말이죠. 꼭 저런 사람들이 진짜 경매에선 낙찰도 못 받아 온다는.

하루는 멀티탭이 필요해 마트에 갔습니다. 사러 간 건 멀티탭인데 우리 부부의 눈길을 사로잡은 건 다섯 가지 종류의 조립장난감이었습니다. 불현듯 자식 사랑이 넘실대며 두 개만 사주자 합의가 이루어졌고 남편에게 최저가를 검색하라 했더니 인터넷에서도 똑같이 9,600원이라는 말에 냉큼 사서 집에 돌아왔습니다.

두 아들은 연신 광채가 나도록 즐거워했고 흡족하여 나머지 세 개도 마저 사줄까 검색해보았더니 최저가가 5,140원인 것이지요. Dumb! 우리 덤편을 믿다니.

큰돈 아니니 쾌활한 애들의 웃음으로 마음을 달래고 있는데 우리 집 공식 꽝손 둘째는 한 시간도 안 되어 로봇 다리 한 짝을 두 동강으로 분질렀어요. 최고가로 사 온 장난감이 그나마도 부서진 거죠.

제 표정만큼이나 집에 있는 접착제들도 모조리 굳어 있더군요. 이참에 종류별로 쟁여놓자며 목재용, 의류용, 순간 접착용, 다용도 등 닥치는 대로 골라 담고 결제했더니 그 금액이 2만 7천 원이었습니다. Dumber! 9,600원짜리 장난감 다리 붙이겠다고 27,000원을 쓰는 과감함이라니.

배달된 접착제는 종류도 많아 뭘 써야 할지 간택도 쉽지 않았는데 그중 하나를 픽해 호기롭게 설명서를 읽어 내려간 남편은 심사숙고 짜내 두 조각을 붙이더니 아이들에게 10초를 세자고 했습니다. 아폴로 13호를 발사시키는 마음으로 아이들과 텐, 나인, 에잇… 그렇게 카운트다운이 끝나자 실망한 목소리로 "이 접착제 사기네."라며 저를 쏘아보는 게 아니겠어요? 설명서에 10초면 강력하게 붙는다고 쓰여 있었다며 마진도 없이 10초만 센 거였어요. Dumberer! 이런 순진무구함이라니.

제 손을 거친 로봇 다리는 초강력으로 붙어 있지만, 최고가 9,600원+접착제 27,000원은 아직도 마음을 아작 내고 있으며 무엇보다 과소비와 바보력이 유전일까 심히 걱정되는 밤입니다.

피아노를
못 사고 있어요

어릴 때 엄마가 어느 부잣집에 돈을 빌려주셨는데 그 집이 쫄딱 망하면서 자기네 집에 있던 독일 피아노로 대신 갚은 일이 있었습니다. 다섯 살 때 피아노 들어오던 날이 아직도 생생하게 기억나는데 그 후로 전 명귀가 되었어요. 청력만 좋아져서 실력과 별개로 좋은 피아노 소리는 딱 알아내는! 중학교 때 더 이상 칠 시간이 없어 팔아버렸지만, 아직도 그 피아노에 대한 향수가 대단해요.

저 20대에 아빠가 엄마 취미 생활하라고 사주신 야마하 디지털 피아노가 있었죠. 예상과 딱 맞아떨어지게 3개월 만에 엄마가 포기하시고 그 피아노는 제 것이 되었습니다.

최근 무료해짐을 달래려 피아노 쳐서 사이버 음대 가겠다는 의지로 열정을 태웠더니 어쿠스틱 피아노에 대한 향수가 점점 되살아나기 시작했고, 적당한 업라이트 피아노 하나 사야겠다 남편과 상의했어요. 디지털은 빠른 연주에 부적합하고, 타건감이 어쿠스틱을 따라잡을 수 없다 했더니 정말 순수한 눈으로 당신 그렇게 빨리 칠 수 있냐고 묻더군요. 이제 곧 임박했다 하니까 사라고 했습니다.

자!!! 이제부터 문제가 시작!

업라이트 피아노를 산다 ⇨ 아파트 이웃에게 소음을 야기한다 ⇨ 방음방을 만들자 ⇨ 방음 설치비 천만 원 이상 든다 ⇨ 설치비보다 싼 피아노를 살 수는 없다 ⇨ 그랜드 피아노로 가자 ⇨ 그랜드를 살 거라면 세계 3대 피아노 중에서 골라야 한다 ⇨ 차라리 단독으로 이사를 가자 ⇨ 단독 생활에 수영장 정도는 있어야 한다 ⇨ 이참에 땅을 사서 집을 짓자 ⇨ 에레이~ 피아노 안 치고 만다.

또래에 비해 약간 말이 늦는가 싶었던 둘째가 다섯 살이 되던 해, 자신에게 조용히 하라는 형에게 래퍼 못지않은 빠르기로 따져댄 말이 있지요.

"왜 자꾸 나한테 말을 하지 말라 그래? 내가 사람인데 입이 없어?"

사람이시면서 입 있으신 분, 이제부터 할 말은 하십시다.

시어머니와 코드가 안 맞아 힘들다던 그때 띠동갑 언니 한 분이 현답을 주셨습니다.

"코드 맞아서 뭐 하게? 같이 쇼핑하게? 시어머니랑 코드 안 맞는 건 축복이야~."

설득은 왜 이리 잘 당하는 건지 그 후로 무탈하게 지냈으
나 출산 직후 고비가 오더라고요. 시어머니의 손주를 향한 집착
이 날로 심해진 거예요. 애가 침을 흘리니까 "이게 왜 그런 줄 아
니?", "왜요?", "똑똑해서 그런다." 으잉~? 나중에 애가 코 파다
가 왕건이라도 나오면 왕이 될 상이다~ 하시겠어요. 심지어 어머
니 외에는 그 누구도 손주를 안아볼 수 없을 정도로 독차지를 일
삼으셨죠. 식당에서 밥 먹을 때 솔직히 좋긴 했지만요.

개인적으로 딸을 굉장히 바랐습니다. 딸 낳는 비법을 연구
하고, 엄선된 음식을 골라 먹고, 태몽도 선별 작업을 통해 딸 꿈인
것만 인증했는데 간절히 바라면 이루어진다고 어느 개가 말한 건
가요? 운명은 거스를 수 없는 것이었습니다.

그렇다고 아들 둘이 형벌도 아닌데 좌절할 정신력은 아니었
죠. 마음을 다잡고 행사가 있어 시댁으로 향하는 길에 전화를 걸
어 "어머니~ 30분 뒤면 도착해요."라고 말했더니 조심히 오라는
말 대신 "병원에서 뭐라니?"라며 아이 성별을 궁금해하시길래
살짝 기분이 상하기 시작했어요. 말을 돌려봐도 끝까지 아들인
지 확인하려 드셔서 십이지장에서부터 분노가 차오르기 시작했

어요. "아들이래요! 어머니 저 오늘 건드리지 마세욥!", "오호호호호호~ 그러니~ 오호호호호~ 어서 와라~ 내가 널 건드릴 일이 뭐가 있노호호호~."

도착했더니 세상에 없던 여왕 대접을 해주시더라고요. 대야에 물 떠 와 발도 닦아줄 기세. 제가 또 누울 자리를 기가 막히게 아는 재주가 있지요. 바로 여왕님이 되었습니다.

어머님이 무슨 한자가 적힌 종이를 가지고 오셔서는 "여기 봐라, 귀자가 태어난다 쓰여 있지? 난 사실 아들인 거 알고 있었어. 아들 자! 아들 자! 오호홍오~."

슬쩍 반말을 해봤어요. "아니 아니, 이거 아들 자 아니고, 자식할 때 그 자~."

우리 어머니 남의 말 귀담아듣지 않는 좋은 습관 있으신데, 할 말만 하시더군요. "난 아들인 거 알았어. 오호호호~."

그럴 수도 있는 일인데 사실 좋아해주시는 거니 진정했어야 했는데 웃음이 터질수록 약이 바짝바짝 올라 화끈한 욕망에 불타올랐습니다.

어머님이 전을 내오겠노라며 편히 앉아 있으라 하셔서 분부

대로 편히 앉아 있었죠. 전을 데우시다 말고 소파에 가서 앉으시길래 타겠다 싶어서 확인 좀 하려고 일어나려는 순간, 어머님께서 "왜왜왜~ 가만히 있어~ 내가 다 할게."라며 엄청 경쾌하고 신나게 웃으시고야 말았습니다. 저는 이성의 일부를 분실하고야 말았고요. 저도 모르게 팔을 뻗어 검지로 프라이팬을 가리킨 상태에서 그것도 모자라 턱을 위로 한 번 튕겼다 당기며 여왕님 억양으로 두 문장을 내뱉었지요.

"뒤집으세요. 타겠네요!"

캬~ 속이 뒤집어지죠. 속이 타죠잉~. 귓가에 BGM이 알아서 깔려요. "여기까지가 끝인가 보오~." 등줄기에 흐르는 서늘한 국물은 피땀인가 보오. 여보 혹시 내 등에 칼 꽂았어?

정말 어머님이 프라이팬까지 가시는 동안 저는 인간이 단시간에 그렇게 많은 생각을 해낼 수 있다는 사실에 탄복했지요. 일단 사랑했던 사람들 얼굴이 슉슉 지나가고, 이 사태를 어떻게 수습할 것인가 상황별 요약정리가 됩디다.

- 1안: 어머님이 정색할 경우 똑같이 정색한다.
- 2안: 전이 날라올 경우 입으로 받아먹는다.

- 3안: 프라이팬이 날라올 경우, 11시 방향으로 쓰러진 후 기
  괴하게 웃는다. 크흐렁흐엉~.
- 기타 안: 이도 저도 안 먹히면 느긋한 박수와 함께 "지금까
  지 몰래카메라였습니다~."

어머님 정수리 꼭대기에서 널뛰기하는 그 즐거운 상상을 현
실로 옮길 거라고는! 태연하게 다리가 후들거리고 있는데 처음으
로 어머님과 코드가 맞더라고요.

"네~ 네~ 사모님~ 뒤집을게요. 앉아 계세요오, 호호호~."

웃음이 넘치는 행복한 우리 시대 만세!
입 있는 사람은 앞으로 할 말은 합시다.

단
무
지

사랑하는 부부

주부가 된 지 몇 년이 지나도록 요리 솜씨만큼은 아가씨를
유지하는 사람이 접니다. 어느 식당에서 음식 집어먹고 양념으로
뭐뭐가 들어갔네 말하는 사람을 보면, 뻥치시네 라며 존경했고,
직접 만든 음식들이라며 사진 찍어 올리는 사람들은 알파고로 분
류했으며, 양념이 과한 고기를 먹으면 소고기인지 돼지고기인지
몰라 미각을 잃는 사람이 또한 접니다.

신혼 초 남편이 "이 반찬 가게는 토란을 참 맛있게 해."라며
칭찬을 했어요. 그 순간 남편이 집어먹고 있는 건 다름 아닌 연근
(으로 추정되는)이었죠. 기세등등한 목소리에 저게 토란인가 싶다

가 연근과 토란은 공용어인가 혼란스러웠지만, 마트를 가도 내가 127회는 더 갔다는 생각에 굽신거리며 물었어요.

"이거 연근 아니야?"

남편은 내가 니 오빠야 라는 정신력으로 군대와 회사 식당에서 배급받은 시간을 물증 삼아, "자기 진짜 심각하다, 이거 토란이야." 몰아붙이더군요.

저렇게 당당할 일인가 싶었지만 목소리가 큰 건 분명 장점처럼 느껴졌습니다. 문명인인 전 검색 도구를 사용하여 그대가 집어 잡수고 있는 그 뿌리채소는 연근이란 걸 찾아냈지요.

"아 진짜~ 당쉰! 설마 썰마 당쉰~! 여태 연근을 토란으로 알고 있었다고?"

몹쓸 같은 목소리에서 해방되는 순간이었어요. 끝까지 남편은

"어쨌거나 당신도 토란이 뭔지 몰랐다는 거잖아."

아이고, 덩치 큰 몸에 자존심까지 계셨어요! 이 사람이 토란나. 그렇게 제1차 부부 배틀은 애매하게 끝났습니다.

삼 년쯤 지났을 때, 지인 시댁이 단무지 공장을 한다는 이야기를 하다가, "난 노란 단무지 말고, 무에 색소 안 넣은 하얀 단무지가 좋던데 요즘엔 잘 안 팔더라."라고 했더니 또 남편이 딱 걸렸단 표정으로 "자기야, 단무지 그거 무 아니야. 다른 채소야." 가

르치려 들었어요.

"단무지에서 무 맛이 나서 무라고 했는데 왜 무냐고 하시면
…."

몇 년 전 토랐던 자가 당당하기 짝 없게 말하길 "저번에 다큐
에서 봤는데, 내가 이름은 까먹었는데, 하여간 그거 무 아니었어."

갑자기 가슴이 D컵처럼 묵직해지길래 "좀 말이 되는 얘기를
해라. 내기해, 내기해. 당신 뭐 걸래?" 승부수를 던졌죠.

"전 재산을 건다."

아니, 이게 지금 전 재산까지 걸 일인가요? 5만 원 먹고 떨어
질 생각이었는데 일이 커지다 못해 재산 몰수를 하게 생겼네요.
하나 자신감은 대폭 줄어 진짜 무가 아닌가 싶기도 했습니다.

"당신은 뭐 걸래?"

쫄리는 심정과 달리 저도 대담하게 받아쳤죠.

"내 목숨을 건다!"

그리고 우리는 또다시 문명인답게 도구를 사용하여 정답을
알아냈습니다.

"단무지 무는 왜무라는 품종으로 오래전 일본에서 들여온
것으로 가늘고 길어 단무지를 만들 때 사용된다."

누구 하나 죽을 수도 있는 위험천만한 내기였기에 검색 후에
도 팽팽하게 의견이 대립되었어요.

"왜 '무'라잖아, 이래도 무가 아니야?"

"어떻게 그게 무야? 왜무라는 품종이라잖아. 그럼 총각무로 깍두기 담글래?"

유치하지 않으면 부부싸움이 아닌 겁니다.

"우기지 말고, 빨리 전 재산 내놔!"

"내가 진짜 자기 사랑하니까 봐주는 거야. 목숨만은 살려준다."

누가 이긴다 해도 딱히 혜택은 없을 것 같아 마지막으로 비아냥을 날렸죠.

"당신 어디 가서 그렇게 함부로 재산 걸고 그러는 거 아니야. 패가망신하는 전형적인 유형!"

남편도 지지 않더군요.

"그래서 당신은 목숨을 걸었니?"

어디 가서 창피 떨 거 없이 무식한 우리 둘이 오래오래 의지하며 사는 게 제일 굿 아이디어 같았습니다.

"됐고, 내일 김밥이나 사 먹자."

"그래."

모범수

　운전면허시험장에서 표창장을 내리지 못해 애석해할 만큼 저는 모범 운전수였습니다. S자 코스, T자 코스는 가뿐하기만 했고, MBA 코스가 있었다 해도 패스할 만큼 모두가 인정하는 올해의 모범수였지요. 도로 주행 첫날부터 무식하고 용감한 운전 실력에 놀란 강사는 가슴팍에서 뭔가 꺼내는 시늉을 하며 여기 면허증 받아 가시라고 말할 정도로 베스트 드라이버였는데 다음 날로 강사가 교체된 이유까진 모르겠지만 광복절이 되면 1순위로 특별 사면될 저는 분명 모범수였습니다.

　면허증 취득 이후 아빠 차로 운전 연습을 할 때도 딸을 혼내지 않는 아버지는 묵묵히 어금니만 꽉 깨물 뿐이셨고, 혼나지 않으니 비로소 신념까지 생겨난 것이지요. 거듭 용맹해진 전 한창 인기 있던 분당 정자동까지 부모님을 모시고 직접 운전해 갔고, 난코스였던 내곡 IC도 어렵지 않게 빠져나오며 유감없이 실력을 발휘했습니다. 창문 밖으로 몸 절반쯤 나간 나의 아버지가 초보 초보~를 외치며 뒤차들을 막다시피 했던 기억이 어렴풋 스치기는 하지만요.

피로감이 소떼처럼 몰려든 아버지는 실성한 목소리로 갓길에 차를 세우라 했지만 욕설만큼은 날리시지 않는 바람에 정자동에 다녀오도록 스스로 운전을 잘한다는 생각엔 변함이 없었습니다.

친구들과 제주도로 여행을 떠났을 땐 종일 운전을 자처하며 한가한 해안 도로에서 자유롭게 날다시피 운전 실력을 뽐냈는데 승객들 모두가 함성인지 비명인지를 질렀지만 쿨하게도 고맙다는 인사는 사양했었죠. 복잡한 시내에 들어서니 여기저기 경적들이 울리고 누군가는 욕을 하기도 했지만, 뭐랄까… 도시 사람들의 각박함이 느껴져 안타까웠다고나 할까.

결혼 후 몇 년간은 운전을 쉬어 감이 좀 떨어지는가 싶었지만 천부적인 재능은 쉽게 사라지지 않았어요.

어느 날 서판교에서 지인들과 약속이 잡혀 처음으로 빗길 운전을 한 날이 있었는데 와이퍼가 빠르게 유리창을 문댈수록 심박수도 빨라지며 갑자기 인생 뭐 있나 싶은 생각이 드는 것이었습니다. 이참에 양보나 하자 싶어 모든 차들에게 길을 내주다 보니 좌회전 차선에 들어가질 못해 머리 위 이정표에서 '부산'을 보게 됐지요. 을씨년스러운 날씨에 영화 부산행 생각도 나길래 가까스로 유턴을 했더니 손쉽게 목적지에 도착할 수 있었습니다. 이제는 우리가 헤어져야 할 시간에.

상황 파악이 된 남편은 운전 자제령을 내리기에 이르렀고, 그럴수록 저는 방대한 운전 지식을 들려줌으로써 그를 안심시키고 싶어졌어요.

연식이 오래된 우리 차의 보닛 위에는 두 개의 튀어나온 검정 돌기가 있었는데, 운전석이나 조수석 방향에서 그 콩알만 한 돌기를 기준점으로 차선의 중앙을 맞추면 차가 좌우로 치우치지 않고 가운데로 달릴 수 있다는 팁을 전수받은 적 있었습니다. 저는 늘 그 기준점으로 차선 중앙을 유지해 달려왔으며, 남편이 운전할 때도 그 기준점으로 잘 달리는가를 판단해왔었죠. 내 친히 이 팁을 전수해주는 날이 왔군요.

"자기는 정말 딱 가운데로 잘 달리는구나. 차선 기준점이 항상 가운데로 유지가 되네."

놀란 남편이 팁은 안 받고 차선 기준점을 되묻는 것이었어요.

"저기 차선 맞추는 기준점, 저어~기 죠오~기 검은색 튀어나온 거 말이야."

남편은 오른쪽 레버를 당기며 그 기준점에서 워셔액이 나오게 했습니다. 워셔액이 뿜어지자 동시에 육성으로 비명도 뿜어지며 "으아악~ 저거 워셔액 구멍이었어?" 새하얗게 질린 남편은 그날부터 차 키를 숨겼습니다.

살다 보면 누구나 실수하는 법이니 실패는 있어도 좌절은 없어요. 어쨌거나 목구멍이 포도청이라 마트에 갈 땐 운전을 해야만 했죠.

저의 모범적인 운전 습관 중 하나가 기둥에 바짝 붙여 주차해 옆 차의 주차 공간을 광장급으로 만들어주는 거예요. 여느 때처럼 배려 주차를 해놓고 장을 보고 올라오는 길에 휴대폰을 확인하니 남편으로부터 부재중 전화가 세 통이나 와 있었어요. 전화를 걸었더니, "당신 괜찮아? 어쩌다가 사고가 난 거야?"라는 다급한 목소리가 들렸습니다.

"사고? 나 장 보고 지금 주차장 가는 길인데 무슨 사고?"

주차장에 도착하니 한 중년 남성이 죄송하다며 그 넓은 광장에서 차를 빼다가 제 차를 살짝 긁었다는 거예요. 차에 적힌 번호로 남편 분께 이미 상황 설명을 했고 보험 처리도 끝냈다는 겁니다. 흠집을 보니 유성매직으로 칠해도 될 만큼 흐릿해 보여 보험까진 과하게 느껴졌지만, 끝까지 그리하길 원하시니 어쩔 수 없이 받은 보험 금액이 유성매직 380개를 벌크로 사고도 남을 38만 원이었습니다.

이런 돈일수록 아낌없이 소고기에 써야 한다며 우리는 근처 고급 식당에서 한우를 세 차례에 걸쳐 추가해 구워 먹었지요. 남편은 "자기, 자기는 정말 숨만 쉬어도 돈을 버는 대단한 여자야. 앞으로 매일매일 마트에 차 끌고 나가."라며 저의 진가를 알아봐 주었습니다.

역시 저는 모범수가 맞았어요.

그 밤

술 마시고 실수한 적이 단 한 번도 없습니다. 자기 관리는 곧 자산이라 믿고 살지요. 술 관련 실수에 사람들의 이해는 나중 일이고 법은 관대하지 못하니 저라도 깐깐한 잣대를 휘두르고 봅니다. 부어라 마셔라 하는 특유의 단체 술 문화는 저급함이라 생각하고, 'We are the 꼴라.'로 친분을 유도하면 철저히 거르고 봅니다. 술조차 내 마음대로 즐기지 못하고, 남을 의식하며 시중들 듯 마시는 그 문화, 그다지 친분도 없는 사람들끼리 민낯 확인하고 깊은 밤 사연을 노 저어 절친이 되는 것을 보면 서로 약점 잡혔구먼 싶지요. 술김이었다며 필름이 끊겼다는 머쓱함엔 치를 떨기도 하지요.

가치관이 이따위로 새초롬한 걸 들키기는 싫어 남몰래 조용히 최측근들하고만 술자리를 갖는데, 단연 최다 술 상대는 남편입니다. 덕분에 우리 부부는 대화가 넘쳐 맥주 두 캔으로 토크쇼가 가능한 인문학적 판타지를 완성시키는 자들이죠.

금요일 밤—술의 농도와 용량을 제한받지 않는 최적의 시간대. 가까운 마트에 좋아하는 와인이 최저가로 진열되어 있는 것을 보고 깔 별로 두 병 사 와 큼직한 와인 잔을 골라 부어 마셨어요. 부부는 과거에서 미래, 직장에서 인생, 자식에서 노년까지 썰전을 풀어내며 쾌속으로 두 병을 해치웠지요. 와인 클리어! 곧바로 숙면하여 개운하게 일어났는데도 아침부터 미열이 있는 것 같고, 여전히 울렁거리는 속에 자기 관리가 느슨해졌구나 자책이 밀려왔습니다.

가벼운 해장에도 불구 저녁이 다 되도록 몸살 기운까지 겹쳐 남편에게 이마를 짚어보라 하니 "핫해. 우리가 어제 너무 핫했나?"라는 거예요. 와인을 두 병이나 마신 행동은 다소 핫했지, 라고 생각하는 순간 퍼뜩 꿈결처럼 어떤 19금 장면이 스치는 겁니다. 조기 치매인가 단순 노화인가 절체절명의 고민 속에 남편에게 물었습니다.

"여보, 내가 지금 어떤 질문을 할 건데, 절대로 날 이상하게 생각하면 안 돼."

덩달아 긴장한 남편은 대역죄인의 표정이었고 저는 다소곳하게 물었어요.

"여보, 우리 어제 했어?"

"저리 가. 어우 정말 당신 이제 무서워지려 그래." 소스라치게 저를 떠밀더군요.

되지도 않는 애절한 억양으로 "우리 했어, 안 했어?"

남편이 오들오들 떨며, "안 했어, 안 했어. 저리 가! 진짜 생각 안 나?"

어쩌죠, 네, 정말 생각이 안 납니다.

허접스럽게도 제가 필름이란 게 끊겼나 봐요.

자상한 남편의 부연 설명에 의하면 미국의 남북전쟁 시기 노예 해방을 위해 미국 전역을 돌아다니며 그들의 탈출을 도왔던 흑인 여성보다 제가 더 적극적이었다고 해요. 남편에게 잊을 수 없는 밤을 선사하고 장렬하게 저는 그 밤을 잊은 것이지요. 자기 관리가 자산이네 뭐네 하던 여자의 말로가 이토록 핫했어요.

세상에 한 명쯤 좀처럼 관대하지 않고 정확하게 굴 필요가 있다던 오만함에 멈칫했습니다. 살다가 보면 그럴 수도 있지의 범위는 어디까지일까, 이해 못 할 일이 뭐더라, 치명적으로 굴기엔 삶의 함정이 꽤 깊죠. 사는 방향을 틀 수 없다면 깍쟁이 함량이라도 줄여야겠다 결심한 날이었어요. 핫했던 그 밤 포옹은 잊었지만 포용은 챙겼네요.

STORY

4

Foreignhood

Bon voyage

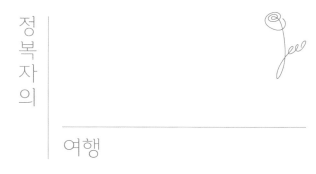

정복자의

여행

　여행지에서 만나는 모든 것은 한시 반시가 새롭고 처음인 것들이라 내내 첫사랑보다 서툴고, 처음 먹어보는 음식 앞처럼 수줍은 당황이 터집니다.

　특히 혼자서 계획한 시간과 돈이 빠듯한 자유여행은 끈질긴 뒷조사에도 불구하고 예산을 벗어난 기차 가격, 있어야 할 곳에 없는 쇼핑센터, 인터넷에서 극찬했던 음식점의 배반, 영어 못하는 택시 기사의 교묘한 바가지 등으로 막상 여행 중엔 즐거움과 환호보다는 힘들고 고생이란 생각이 더 많은지도 모르겠어요.

　처음으로 여행사를 통해 호주 패키지여행을 예약한 건 부모님이 이유였습니다. 직접 알아보고 하나하나 준비하는 과정에서 더 큰 재미를 느끼는 저였지만 넓은 땅에서 영어도 안 되시는 부모님을 오른쪽 운전대까지 잡게 해 진땀 빼는 기억만 남겨드릴 순 없어 속 편히 선택한 방법이었습니다.

침은 좀 많이 튀겼지만 아주 충실한 가이드도 만났고, 같은 봉고를 타고 다니는 모르지만 친해져야만 했던 여행 멤버들도 아주 우수했습니다. 중년의 한 부부는 공항에서 가방이 바뀌어 8박을 단벌로 버티며 악취를 풍겨주셨고, 신혼부부 옆에 미혼 커플이 밀월여행 중이라고 당당히 밝히는 바람에 대꾸할 말을 찾아내지 못했었죠. 패키지여행의 백미인 중간중간 반강제 쇼핑 타임이 돌아올 때마다, 효심이 넘쳤던 전 우리 가족들에게 지병 여러 개를 만들어주며 약장사가 설명하는 모든 약들을 저요~ 저부터요~ 구입했고, 그나마 양털 카펫은 무거워서 사 들고 올 수 없었으니 양들에게 고마웠습니다. 사막은 더웠고, 산에도 들에도 앵무새가 많았고, 캥거루는 무서웠고, 코알라는 더러웠습니다.

예상치 못한 여행지의 변덕으로 제아무리 고생을 할지라도 여행지에 있는 동안만큼은 여기에 온 것에 감사하고, 무조건 재미를 찾겠다 자기 암시를 걸기 바쁜 사람이 저인데, 호주는 빼곡

한 일정도 잘 보냈고, 사람들과의 교감에 상당한 흥미를 느꼈는데도 불구하고 어째서 감히 뻔하고 재미없고 지루하다는 생각만드는 게 아니겠어요. 땅이 넓고 척박한 탓이려니.

얼마 뒤 친구가 혼자서 한 달 동안 호주 여행을 다녀올 거라했습니다. 속으로 쟤 한 달 동안 심심해서 어쩌나 딱하게 여기고있었죠. 한 달 뒤 만난 친구는 예상을 뒤엎고 가본 여행 중 최고였다며 극찬에 극찬을 쏟아냈어요. 그럴 리가….

그때 알았습니다. 왜 호주가 심심했는지를. 가이드를 따라승합차 타고 정시에 내린 그곳에 오페라 하우스가 떡하니 있으니당연함이 밀려와 허망했던 것이죠. 눈 감고도 찾아올 가이드와동행한 오페라 하우스에서는 그 어떤 성취도 느낄 겨를이 없었던겁니다. 잘 짜여진 판에 부속품이 된 것 같은 빈정 상함이랄까요.
원했던 것은 시드니 외곽의 저렴한 호텔에서 묻고 또 물어버스를 세 번째 갈아타고 초조하게 시간을 달려 과연 찾을 것인가 못 찾을 것인가 불안감끼리 내기를 해올 때쯤 창밖에 오페라하우스가 짜잔 하고 나타나 날 환희로 적시는 정복의 기쁨이었던것입니다.

영문도 모르고 물벼락을 맞았던 태국의 골목길, 찜질방만도 못한 일본 온천에서 이불도 없이 칼잠 잤던 악몽 같았던 그 밤, 홀로 일곱 시간 녹슨 버스 안에서 원주민들과 달리며 산길에 버려질까 무서워 거스름돈도 달라고 못 하던 필리핀의 시골길이 왜 지금까지도 나를 할 말 넘치게 만드는 것인지 알게 되었어요.

여행의 진가는 완벽한 시나리오에서 오는 게 아니라 온갖 실수와 엉겨 붙는 경로 이탈 속에서도 결국엔 그것을 찾아내 확인하는 짜릿함에서 오는 것이란 걸. 최소한 나에게는 말이죠.

왔노라, 보았노라, 정복했노라!!

혼네

웃으면 좋다고들 하길래 믿겠거니 웃었더니 살살거리지 말라는 공격을 받은 적이 있습니다. 일리 있다 싶어 무표정으로 가만히 있었더니 왜 뚱한 것이냐 비난하고 난리더군요. 뭐 그럼 살짝 미소만 머금은 듯 만 듯, 이것은 웃은 것도 아니요, 안 웃은 것도 아니요, 그 어려운 걸 해낼까 싶지만 어려운 건 또 싫어요.

부모님을 모시고 떠난 첫 해외여행지는 가까운 일본이었습니다. 200% 만족시켜드리고 싶은 마음에 일정도 대단히 빼곡하게 집어넣었어요. 우리나라로 따지면 설악산 갔다가 에버랜드 갔다가 신사동 가로수길 들러 비싼 밥도 주문해 먹었다가 서울타워 찍고 맥반석 찜질방에서 자는 그런 코스였죠. 무엇보다 일본의 상징인 후지산에 주력했었는데 직접 등반하는 게 아닌 근처 산 정상에서 후지산을 바라보는 코스로 기획했더니 1m 앞도 안 보이게 안개가 자욱해 저 너머 있을 후지산을 느낌적으로 느끼고 왔던 게 느낌에 남아 있습니다.

혼자 즐기는 여행이라면 모를까, 앞장서서 상대방의 만족도를 살피며 다니는 여행은 주도자 입장에서는 꽤 힘든 일이긴 합니다. 비가 내리면 내 탓 같고, 음식이 맛없어도 내 잘못 같고, 잠자리가 불편하면 송구스럽기까지 해 사실상 본인은 여행을 즐길 겨를도 없이 죄인 모드로 여행 내내 쫓기게 되거든요. 그렇게 마음이 지쳐갈 때 그걸 위로해주는 것이 하나 있었으니 바로 웃음이었습니다.

공항에 내려 공항철도 타는 방향을 몰라 인포메이션에 갔더니 화사한 표정으로 웃으며 저쪽이라 알려주는 직원. 이 나라에 우호적인 감정이 들기 시작했어요. 좀처럼 공공장소에서 떠드는 일이 없는 일본인데, 지하철에 옆자리 아줌마에게 "고노 덴샤와 신주쿠마데 이끼마스까(이 열차는 신주쿠까지 갑니까?)"라고 책에서 외운 문장을 물었더니 발음이 너무 일본인 같았는지 연신 웃으며 뭐라 뭐라 말씀을 하시는데 그냥 끄덕이며 "아 소오~"라고 했지만, 국민성에 역행할 정도로 대놓고 시끄럽게 웃으시는 모습에 가까운 친척을 만난 것처럼 반가운 생각이 들더라고요.

디즈니 씨에 갔을 땐 소소한 실수 하나가 있었는데, 어느 블로그에서 거기에 가면 '교자도끄'를 꼭 먹어야 한다 추천하길래 엄청 유명한 음식인 줄 알고 현지에서 하이에나처럼 그것을 찾아 헤맸었죠. 식당가에서 가장 큰 레스토랑 입구에 서 있는 직원에게 교자도끄에 대해 물었더니 제 발을 실수로 밟은 것보다 더 미안하다는 표정으로 자신은 모르겠다며 잠시만 기다리라면서 안으로 들어갔어요. 조금 뒤 생글생글 웃는 또 다른 직원이 딸려 나와 교자도끄를 또 물었더니 또 발 밟은 표정으로 미안하다고 기다리라 했지요. 머쓱해져서 괜찮다고 안 먹어도 그만이라 하는데도 기어이 매니저가 나왔습니다. 이쯤 되면 데자뷰. 또 물었는데 또 모른답니다. 이 정도면 존재하지 않는 음식이다 싶어 미안해져 도망치고 싶은데 해결될 때까지 웃으며 우릴 붙들고 있었어요. 이번엔 총괄 주방장으로 보이는 분이 엄청 높은 셰프 모자를 쓰시고 정중하게 웃으시며 그놈의 교자도끄를 또 묻게 만드셨습니다. 만두를 핫도그처럼 나무젓가락에 끼워 파는 음식이라 설명하니까 드디어 무엇인지 안다며 파는 위치를 알려주셨습니다. 그

것도 모자라 네 명 모두가 인류를 구원한 표정으로 만개하며 고개 숙여 인사까지 해줬지요. 부모님과 전 다른 건 몰라도 교자도끄는 꼭 먹고 가야겠다며 결국 찾아내 먹었습니다. 먹어봐야 만두 맛이었지만 그들의 친절과 웃음은 비가 내려 볼거리가 없던 디즈니 씨를 낭만적으로 만들더군요.

일본의 혼네 문화를 은근히 지지하는 이유가 이 때문입니다. 어차피 또 만날 사람도 아니고 다시 겪을 상황도 아니지만, 그 순간 웃어줘서 일단 내 기분이 좋아지는데 싫을 이유가 없잖아요. 사람 속을 어찌 아느냐고 조심하라고들 하지만, 그런 간결한 상황에서 어디까지 사람의 속을 알아야 되는 것이며 하물며 그리 말하는 당신 속도 나는 알 수가 없으니 표면적으로나마 좋은 게 좋더라는 말이죠. 속을 보여줘봤자 약점 잡히기 십상인 세상인데 꼭 감추는 게 많은 사람일수록 상대방에겐 투명하게 속을 보여달라 요구해 오더란 말입니다.

인연이라면 맺어질 것이고 아니라면 지나치는 게 사람의 관계라고 생각합니다. 모든 사람들을 붙잡고 인연일까 고심하며 속 들여다보느라 시간을 할애할 게 아니라 매사 친절하게 웃으며 스치다 보면 좀 더 가파르게 인연들이 늘어나게 될 거로 생각합니다.

Pardon me

처음 미국 땅을 밟고 해보고 싶었던 일 중 하나가 현지 식당에서 스테이크를 썰어보는 것이었죠. 두둑하게 달러를 들고 찾아간 식당엔 손님들도 많고 분위기도 딱 미국이라 기대가 부풀었어요.

주문을 받으러 온 서버에게 유창하게 이것저것 주문하며 말이 다 통했다고 감탄하고 있는 그때 저를 무기력하게 만드는 질문 하나가 있었는데, "Would you like some 라면?"이었습니다. 눈을 타원형으로 뜨고 라면? 이라고 되물었고, 서버는 "Yes, 라면." 이라며 마치 너희가 한국인이니 느끼한 스테이크를 먹을 때 라면이 도움이 좀 될 거라는 눈빛으로 대답을 기다리고 있었어요. "Is it free?"라고 무료인지를 확인하는 저에게 어이없게 웃으며 "Yes, it's free."라며 미국의 자유정신을 말해줬지요. 무조건 콜이라며 기다린 제 앞에 나타난 건 라면 아니고 Lemon이었습니다. 레몬 아니고 라면, 밀크 아니고 미역인 것처럼.

남편 회사에 경력직으로 대리 하나가 들어왔는데 국내 최고의 대학을 나왔다 하여 은근 그에게 거는 기대가 컸대요. 당시 중국의 내로라하는 회사와 합작하는 중요한 프로젝트를 그 직원에게 맡겼는데 공대생이라 사실 영어에 그다지 관심 및 소질이 없었던 그는 중국 회사에 보내는 이메일에 'by the way(그런데)'를 'buy the way(그 길을 사라)'로 보내 한바탕 중국 회사 전 직원들을 웃게 만들었다고 합니다. 그것도 모자라 buy the way는 공존의 히트를 치며 중국 임직원들 사이 꼭 알아둬야 할 웃기는 영어 숙어가 되었다고 했는데 제가 아는 한 이것은 한류의 시초입니다.

예전 직장 동료가 미국에서 대학을 졸업할 당시 그녀의 어머니는 딸의 졸업식에 참석하기 위해 처음으로 미국행 비행기를 탔다고 합니다. 오랜만에 만나는 딸을 위해 이것저것 바리바리 음식을 싸 간 어머니는 미국 공항에 도착해 밖으로 나가려는 순간 갑자기 캐리어 안에 수상한 물체들이 보인다며 공항 검색대에 붙잡히셨대요. 엄한 곳으로 끌려가거나 한국으로 되돌려 보낼까 겁이 나셨지만 침착하게 어머니는 위험인물이 아니라는 듯 미소를 짓기 시작했고, 가방 안에 알갱이들이 뭐냐고 묻자 아주 순박한 여인네의 표정으로 "밤~ 밤(bomb)~ 바암~"이라고 또박또박 폭탄 발언을 하시는 바람에 정말 무서운 곳으로 끌려가 한동안 조사를 받으셨다더라고요.

미국에서 살던 곳 근처 동네에 엄청 유명한 식당이 있다고 들어 용돈을 아껴서라도 가보고자 했었죠. 야트막한 산꼭대기에 위치해 도시 야경을 감상할 수 있다는 식당이었는데 이름이 오디세이였어요. 그 동네에 도착해 식당으로 올라갈 진입로를 찾는데 도무지 입구가 보이지 않아 지나가는 지역 주민들에게 물었죠. "Do you know where 오디세이 is?" 그 누구도 오디세이를 알지 못했고 점점 잘못 찾아왔나 걱정이 되었지만 천천히 강세를 바꿔가며 다시 물었어요. 오딧쎄이, 오딧쎄이, 오딧쎄이, 오딧쎄이? 그 짓을 했는데도 여전히 모른다 하여 최후의 방법으로 "O.D.Y.S.S.E.Y."라고 묻자 그제야 아~ 아리씨라며 저쪽으로 가라고 알려주더라고요. 오디세이 아니고 아리씨~.

미국의 대학에서 학생회장 선거철이 되면 선거인단들이 투표를 독려하며 보통 도서관 앞 광장에 책걸상을 놓고 앉아

"Vote~ Vote~"를 무한정 외칩니다. 투표율이 높아질까는 의문이었지만 열정적이고 진지한 모습이 멋지기는 했어요. 딱히 크게 관심을 보이는 학생들은 없었는데 우리들 무리 속에 한 한국인 오빠가 그쪽으로 성큼성큼 다가가는 게 아니겠어요. 후보가 궁금해서 저러나, 의외로 정치적이네 하며 멀리서 지켜보는데 책상 앞에 멈춘 그 오빠는 엄청나게 큰 목소리로 외쳤어요. "How much?" 더욱 웃긴 거 보트 살 돈 물어보는 줄은 꿈에도 모른 그 선거인단이 "Oh~ it's free."라며 친절하게 대답했다는 것이죠. 확실히 미국은 자유를 좋아해.

바콜로드

이야기

바콜로드는 필리핀 마닐라에서 비행기로 한 시간은 더 가야 나오는 소도시입니다. 재촉이 많은 다급한 여정이 싫어 시간의 여유로 새 곳의 삶을 되도록 오래 느끼길 선호하는 스타일이라 싸스라는 병이 유행한 직후 급락한 티켓 값 덕에 최저가를 갱신하며 한 달을 지냈던 곳이에요.

공항에 마중 나온 홈스테이 아줌마는 검버섯 많은 피부에 부리부리한 눈매, 강도 높은 얼굴 색감과 생김으로 호방하게 절 팔아버리고도 남을 인상이셨는데, 남편과는 이혼 상태, 무남독녀 딸은 미국 유학 중이라 했어요. 부촌에서의 삶을 유지하고자 홈스테이를 하시며 돈을 충당하셨고, 시시때때로 본인을 뼈대 있는 가문의 종족이라 칭하셨죠. 상류층이 아니면 상대하지 않는 속물 근성이 거침없었으나 정작 저에게 대단한 호감을 보이시니 색다른 변수였어요.

사탕수수 농업으로 유명한 시골에 가까운 도시라 사실상 관광객이 전무했는데 새하얀 원피스를 입은 허여멀건한 한국인 처자가 비행기 타고 하늘에서 내려왔으니 도시는 은혜 받은 형국이었죠. 저의 발길이 닿는 그 어떤 후진 골목도 인산인해가 되었고, 거지들조차 넋을 놓고 근무 태만했으며, 눈이라도 마주쳐 생긋 웃어주면 절이라도 올릴 기세였습니다. 열대 과일을 팔러 온 아저씨는 얼굴이 노을빛으로 물들어 말도 못 하고 주저하시다 그게 무엇이냐는 한마디에 슬금슬금 다가와 그냥 주고 가셨어요. 현지어인 따갈로그 몇 마디를 배워 써먹을 때마다 호감도는 최고치를 찍었고 오빠라는 뜻의 현지어 '마농'은 만능키로 통했지요: 흥정이 뭔가요? 약간 애교를 섞어 '마농~'이라고 하면 원하는 것은 다 가질 수 있었습니다.

홈스테이 아줌마는 저의 가치를 철저히 이용하셨는데 여기 저기 데리고 다니며 "나 이런 하얀 애 알아요." 자랑삼기 바빴어요. 비용은 아줌마가 내신다며 지인들 집, 친정 여행, 심지어 본인 동창회에도 저를 데리고 가셨는데 사실무근인 자랑으로 곤란한 일도 겪었지요. She eats everything. 얘는 가리지 않고 다 먹는다고 자랑할 때마다 찬양이 들끓는 분위기에 휩쓸려 이승에서 처음 먹는 맛의 코코넛 쌈을 맛있는 척 먹다가 저승 갈 뻔한 적도 있었습니다.

근처 도시인 딸리사이시의 시장님을 만난 것도 홈스테이 맘 덕분이었죠. 뼈대 및 혈통이 좋다는 그 시장님과 저는 가뿐하게 열 살 차이가 났지만 감당할 수 있다며 다짜고짜 결혼을 추진하셨어요. 그날 부모님과 통화하면서 저는 웃기다고 난리, 부모님은 탈출하라고 난리였던 기억이 나네요.

기어코 지인 집이라며 데리고 간 웬 저택엔 그 시장님이 있었고 우리의 만남은 예상대로 개떡 같았습니다. 국경을 넘은 사랑을 염원하는 관중들 앞에 '이건 진짜로 못 먹겠어요' 외치고 싶은 심정이었죠.

나름의 수확도 있었습니다. 관중 속에 있었던 한 아줌마와 배드민턴을 한 번 치며 안면을 텄는데 알고 보니 필리핀 전역의 버스 노선 30퍼센트가량을 소유하고 계신 분이래요. 필리핀 어딜 가도 자기네 버스를 이용하거든 내려서 본인 이름을 대라고 하더군요. 근처 관광지에 놀러 갔을 때 혹시나 하는 마음으로 이름을 댔더니 그 회사 직원 중 전무님처럼 보이는 분이 개인 차로 내내

가이드해주시며 공주님 모시듯 시중들어준 것도 모자라 필요할 땐 언제든 연락해달라셨죠. 딸리사이 시장님과의 결혼을 너무 매몰차게 내치지는 말자는 생각이 들었어요.

태어나 처음 융숭한 대접을 받아 몸 둘 바를 모르는 와중에도 충격으로 다가온 것이 있었는데 현지 헬퍼라는 존재였습니다. 단순 가사도우미가 아닌 주인 방 복도 맨바닥에서 잠을 자고, 밥, 청소, 빨래, 물시중, 속옷까지 다림질하는 노예 같은 노동력에도 한 달 급여가 당시 한국 돈 3만 원 정도인 인력들이었어요. 두 명의 헬퍼가 있었는데 모두 극빈층의 자녀로 어릴 적부터 중산층 집안에 팔려와 그나마도 번 돈은 모두 부모님께 보내야 하는 볼품없게 마르고 잘 웃고 착해 빠진 젊은 가장들이었습니다.

지독할 만큼 익숙해져버린 가난이라 일탈을 꿈꾸는 일조차 없었고 철모르는 어린 헬퍼들이 타운하우스 내 수영장에서 여느 애들처럼 놀고 있을 때 놀아줄 마음으로 제가 나타나면 말릴 겨를도 없이 뛰쳐 사라지는 광경들을 봐 인권, 인류애 등을 서슴없이 고찰했었죠.

돌아오기 전 헬퍼들에게 기억에 남을 선물을 주고 싶었는데 하고 싶은 일을 묻자 20년 동안 해본 적 없다는 밤 외출이 대답으로 돌아왔습니다. 못마땅한 홈스테이 아줌마의 기색에도 억지 허락을 받아내 두 헬퍼를 데리고 나갔더니 한사코 비싼 곳은 거절하며 저를 데리고 간 곳은 누추한 동네 노래방이었죠. 동전만 있으면 일면식 없어도 모두가 한 방에 모여 순서대로 노래할 수 있다는 코인 노래방이었어요.

야심한 밤에 여신이 동네 노래방에 떴으니 굴뚝에 연기라도 피워 소문을 낸 건지 순식간에 동네 사람들이 노래방으로 몰려들기 시작했고, 여신님 노래에 가장 환호가 커 가수 데뷔를 목전에 둔 줄 알았으나 정작 놀란 것은 필리핀은 그냥 동네 사람 애버리지가 가수라는 사실이었죠. 같이 간 헬퍼 한 명이 크랜베리즈의 '좀비'를 불렀을 땐 전율이 휘감아 모두가 좀비라도 된 줄 알았을 정도예요. 영어 발음 하며, 바이브레이션 하며 이렇게 잘 부르는데 이게 20년 만에 첫 외출이라니 울컥하더라고요.

돌아오기 전날 밤 제가 입던 옷들을 그들에게 선물했는데 입던 옷들이라 궁색함도 있었지만, 날 잊지 말라는 뜻이었습니다. 소녀처럼 친구들 만날 때만 아껴 입겠다던 그 표정이 여전히 선해요.

일상이 고되다 보니 불만조차 잊은 그들이지만 처음 그들을 보고 불쌍하다고 여겼단 내 마음이 초라할 만큼 그들은 불행을 생각하지 않았고 행복하기만 했습니다. 오히려 내 썩어 빠진 정신 상태만 드러났고, 투정들을 감사로 환원하는 계기를 얻은 거죠.

이전까지 본 적도, 들은 적도, 생각해본 적도 없는 처음인 것들이 넘쳐났던 바콜로드, 혹시라도 날 기억해 내 얘기를 하고 있지는 않을까 조급하게 그립습니다.

알로하

　　푼돈은 아껴봐야 푼돈이죠. 큰돈을 아껴야 크게 티가 나는 거니까 결혼식 같은 인생의 큰 이벤트나 여행, 이사 등 도취되기 쉬운 일일수록 절절매지는 않되 너무 과감하지도 않게 소비하는 게 제 개인의 경제 철학입니다. 돈에 제약이 없는 특별한 케이스가 아니라면 큰일을 겪을 때일수록 기분에 취해 돈을 함부로 풀지 말고, 적당한 자중을 해보라는 말입니다.

　　그 일환 중 하나가 허니문 여행이었습니다. 일생에 한 번뿐인 여행, 멋진 곳에서 여유를 맘껏 부려봄도 좋겠지만 큰돈을 집어쓰고 마냥 희희낙락은 되지 않을 것 같아 자유여행으로 빠듯하게 준비하며 예약한 항공권은 최저가였고, 경매 방식으로 낙찰받은 리조트는 헐값이었죠.

동남아보다 더 저렴하면서도 더욱 긴 일정으로 떠날 하와이는 일단 알로하였어요. 호놀룰루가 있는 오아후 본섬만 즐기긴 아쉬우니 마우이섬도 만끽하리라는 계획을 품은 조신한 신부와 들뜬 신랑은 짙은 메이크업을 지우고 하와이로 날아갔습니다. 호놀룰루의 쇼핑몰에서 사지도 않을 침구류 가격을 묻고, 이국적인 그릇을 구경하다 보니 어느덧 마우이 국내선 출발 시간이 되었고 늦은 밤 우리는 더더욱 알로하인 섬 마우이에 도착했어요. 있을 줄 알았던 공항 호텔 간 무료 셔틀이 없어 적잖이 당황했지만 예약한 렌터카를 하루 앞당겨 인도받았으니까 이만하면 운 좋은 출발이었죠. 마할로~. (하와이어로 감사합니다.)

마우이에서의 첫 일정은 바늘산이라 불리는 이아오 밸리였습니다. 호텔에서 멀지 않은 곳이라 이른 시간 도착해 관광객은 거의 없었고, 가뭄인지 폭포수가 화려하진 않았지만, 분위기가 진심 쥬라기 공원이라 장난기가 발동한 전 "이아오 밸리~ 크허어엉~ 이아오 밸리~ 크하하학~"라고 조신한 신부답게 공룡 흉내를 내고 있었어요.

자유여행의 큰 묘미는 아무래도 한국 관광객들과 덜 마주쳐 타국의 매력에 더 집중이 가능하다는 것이죠. 갑자기 뒤에서 한국말로 누군가 "선생님~" 하는 소리가 들리는 것이었어요. 이런 이른 아침에도 한국인 관광객이 있구나, 신통방통하게 나 말고도 선생님이 또 왔나 보다 싶었지만, 신경 쓰지 않고 다시 돌비 서라운드 입체음향으로 공룡을 표현해냈습니다. 또다시 "선생니이임~"이 들리는 거예요. 설마 하며 돌아본 제 뒤에는 개인적으로 과외를 부탁할 정도로 저에게 신뢰를 표했던 한 수강생이 남편과 함께 서 있었어요. 저와 하루 차이로 결혼식을 올렸다는 그들도 여기까지 와서 선생님을 만날 줄은 몰랐다며 놀라워했고 그 우아했던 선생님이 공룡 소리를 내고 있을 줄은 더 몰랐다는 표정을 짓더라고요. 기겁한 저는 당황해 학생 이름도 생각이 안 나 다짜고짜 그 집 남편을 붙잡고 이 복덩이 잡으신 걸 축하드린다며 내내 학생 이름을 덩이라고 불러댔습니다.

언제 어디서나 바른 몸가짐이 필수라는 교훈을 얻으며 우리는 맛집이 많은 항구 도시 라하이나에 도착했습니다. 축소판 샌프란시스코가 생각나는 아기자기한 도시였는데 밥을 먹고 배가 부르자 잠시 이것이 신혼여행인 것을 깜빡하고 취향대로 개별 여행을 해보자며 한 시간 동안 별거를 진행했어요.

남편이 기념품 샵을 기웃거릴 때 저는 현지 길거리를 쏘다녔는데 메인 거리에 돌핀 투어를 비롯 여러 관광 상품을 파는 매대가 눈에 띄었고 현지 예약 가격은 매우 저가였지요. 청바지에 루즈핏 셔츠를 입고 있는 데다 영어마저 잘 알아들으니 누가 봐도 혼자 여행 온 미국 청년 같았는지 직원은 사정 안 봐주고 이것저것 추천하기 시작했고, 그중 헬기 투어를 선택했더니 예약을 위해 몇 가지 질문을 했어요.

"Where do you live?"

별안간 사는 곳을 물었는데 뭐라고 대답해야 하는지 도통 감이 오지 않아 서울이라고 해야 하나, 신혼집 주소를 말해야 하나, 말하면 얘가 알아먹기는 하나 복잡해져 앵무새처럼 따라 말했어요.

"Where do you liiiiiiiive??"

3단 고음으로 되묻는 제게 "Yes, your address."라 말하는 그녀. 경기도는 생소할 것 같아 "I live in… Hyatt."라는 멍충미 넘치는 오답을 말했죠. 그제야 관광객인 걸 안 그녀는 한참을 웃더니 미국인으로 착각했다고 말해 간신히 제가 바보가 아님을 인증해주었습니다.

다음 날 우리는 일출 광경으로 유명한 휴화산 섬 할레아칼라에 한참 늦게 도착하여 중천에 뜬 해를 바라보며 여정을 시작했습니다. 모두가 추천하는 필수 여행지라 했건만 높은 고도에서

부는 바람은 태풍급이었고 온도는 급격하게 떨어져 얼어 죽을 지경이라 어디 용암이나 마그마 없냐며 후다닥 다음 일정으로 발길을 돌렸습니다.

다음 목적지는 묶고 있던 호텔과 정반대 섬 끝에 위치한 하나 랜치였는데 사실은 뭐 하는 곳인지 정확히 몰랐지만 우리는 특별하니까 우리만의 이색적인 관광을 위해 찾아 나섰다가 한날한시에 죽을 뻔했지요.

한 시간 이상 달리느라 허기진 우리 눈앞에 허름한 이탈리안 식당이 나타났는데 덜 배고팠는지 눈에 차지 않는다며 살포시 지나친 건 아사를 경험하기에 충분한 선택이었습니다. 그 후로 한 시간이 넘도록 다른 식당은커녕 산 이외에 살아 움직이는 그 무엇도 나타나지 않았기 때문이에요. 겨우 나타난 오두막집에서 직접 만든 빵들이라며 허접한 바나나 파운드 케이크와 조잡한 샌드위치를 터무니없이 비싼 가격에 팔고 있었는데 여기부터 저기까지 몽땅 다 사겠다며 차 안에서 씹지도 않고 구겨 삼켰죠. 죽기 직전이라 그랬나 둘이 먹다 둘이 죽어도 웃길 정도로 맛있기만 했어요.

그쯤에서 호텔로 되돌아왔어야 했는데 예까지 왔는데 돌아갈 순 없다며 우리는 다시 엑셀을 밟았어요. 도착하고 보니 하나 랜치는 관광지가 아니라 목장 같은 곳이었는데 그나마도 늦어 문은 닫혀 있었고, 근처 유명한 폭포까지 하이킹할 시간 여유마저 없어 허무하게도 다시 호텔로 돌아와야 했죠. 하다 하다 비포장도로가 다 나오데요. 산악자전거나 가능할 것 같은 그 길을 세단으로 덜컹거리며 달리고 있는데 갑자기 비가 억수로 쏟아지고 저 멀리 번개가 내리꽂히고 있었어요. 마할롬의 마우이!

비록 고난은 많았지만 예약한 헬기 투어는 만족스러웠습니다. 헬기 조종사는 일주일에 한두 번 이 일을 할 때를 제외하곤 평소 아이들과 서핑을 하며 보낸다니 부럽더라고요. 약간의 에러라면 그 조종사가 특별히 가까이에서 돌고래를 보여주겠다며 헬기를 급하강하자 동승했던 미국인 가족의 아들이 한 봉지 가득 토를 해댄 거였는데 투어가 끝나고 정말 미안했다고 사과하는 부모에게 전혀 신경쓰지 말라고, 괜찮다고 다독여줬어요. 어제 죽다 살아나서 그런가, 뉘 집 아들 분수 토 장면을 목격하는 건 일도 아니었다고. 내 치마에 똥 싸지른 것도 아닌데 그게 뭐 대수겠냐고.

스펙터클했던 마우이에서 하루도 편할 날이 없었던 우리는 본섬에서만큼은 더 이상 이벤트가 없길 바라며 부푼 희망을 안고 첫 일정 하나우마 베이를 방문했습니다. 바닷속을 들여다보면 언

더 더 씨가 펼쳐진다는 스노클링의 성지 하나우마 베이! 관광객들이 넘쳤지만 그에 반해 실제로 스노클링을 즐기는 사람들은 많지 않았는데 경험이라곤 전무했지만 여기서만큼은 꼭 도전해보겠다며 렌탈샵에 가서 장비를 빌린 우리는 곧장 바다로 입수했습니다. 오리발을 꼈더니 앞으로 쭉쭉 나가는 것까진 좋았는데 수심이 깊어지니까 두려움이 밀려오기 시작했고 그때 낌새가 안 좋던 나의 스노클링 장비는 물이 새기 시작했어요.

뭐야? 나 또 죽어? 왜 이렇게 계속 죽어?

억울하기만 하더군요. 간신히 해변으로 빠져나온 저는 그래서 니가 가라 하와이였던가 울먹였죠. 따끈한 새색시가 겁먹고 포기하자 혼자라도 마저 장비 렌탈 시간을 채우겠다고 웃통 벗고 뙤약볕 아래 떠 있던 남편은 시뻘겋게 등짝에 화상을 입는 형벌을 받고 남은 일정 내내 엎드려 취침을 해야만 했습니다.

다행히 그 후로는 멋진 곳들 잘 찾아다니며 맛집에 쇼핑에 잘 보냈음에도 워낙 앞선 경험들이 임팩트가 강하다 보니 나중에 있었던 일들은 거의 기억에 남아 있지 않네요.

세상에 둘도 없는 독특한 허니문을 마치고 귀국한 후 일주일 뒤에 결혼하는 친구가 우리처럼 자유여행으로 마우이를 간다기에 하와이 여행 책자를 건네며 절대 하나 랜치만은 가지 말 것을 강조 강조했는데 허니문에서 돌아온 친구가 네가 가지 말라니까 괜히 더 궁금해져서 자기는 또 다를 줄 알고 갔다가 팔자에 없는 개고생을 했다는 동병상련을 들려주어 큰 위로를 받았습니다.

아끼는 것도 좋지만 일생에 한 번뿐인 신혼여행만큼은 역대 급으로 사치를 부려보라고 번복을 할게요. 그때 제대로 못 누렸더니 이건 하와이를 간 것도 아니요, 안 간 것도 아니요, 다시 가고만 싶어져 이만저만 낭비가 아닐 수 없다고, 쓸 땐 쓰는 게 돈이라고 말을 바꿔봅니다.

John Bur from Las Vegas

　어려운 상황에서도 부모님은 딸의 소원이라니 미국 유학을 보내주셨고, 공평해야 한다며 생각이란 게 없었던 오빠를 덩달아 끼워 보내 무참히 독립을 향한 저의 야심을 무너뜨리셨죠. 견딜 수 없었던 건 느닷없는 오빠의 보호자 노릇이었는데 용돈을 타 쓰라 하니 보고하기가 일상이 되어 죄수가 된 심정이었고, 통금 시간을 정해 알람시계처럼 굴어 쇼생크 탈출의 팀 로빈스가 돼야만 했어요.

　최악의 사건은 친구들과 2박 라스베이거스로 여행 갔을 때 벌어졌는데, 여행 경비로 200달러(한화 25만 원)를 주고 끝이라는 거예요. 스크루지가 존경할 스키! 돈을 넉넉히 주면 탕진하고 패가망신할 촉이 느껴진다나 뭐라나. 3일 동안 아껴서 사 먹고 가능하면 남겨 오라더군요.

그지 꼴로 여행이 시작되어도 오빠를 벗어나니 막상 자유였어요. 네 시간을 달려 도착한 라스베이거스는 상상보다 화려했고, 홀린 애들처럼 파스타를 먹으러 가까운 식당에 들어갔더니 무제한이라며 와인을 따라 주기 시작했습니다. 거지는 제 발 저려 우아하게 한 잔만 받아 마시고 나오는데 부어라 마셔라 해보지도 못한 그 음식이 50달러라는 겁니다. 여행비 반의반이 첫 식사 한 번에 스쳐 사라진 것입니다.

여기는 라스베이거스! 갑자기 도박은 분산 투자란 생각이 들었어요. 만만한 슬롯머신을 골라 창구에서 바꾼 25센트짜리 게임 동전을 넣고 돌리니 영롱한 기계음이 터져 나왔습니다. 반지를 찾으러 떠나는 호빗의 마음가짐으로 50달러를 되찾겠다며 당기고 또 당겼죠. 쉽사리 바닥나지 않는 동전, 인류의 염원을 담아 힘껏 당긴 그 순간 브링다링뽀루룽드러러링~ 휘황찬란한 음향과 함께 백 개의 동전이 쏟아져 내렸어요. 25달러. 마이 프레셔스. 갓 블레스 라스베이거스! 하늘은 스스로 도박하는 자를 돕더군요. 이때부턴 진심 눈깔이 뒤집혀서 당기고 또 당겼어요.

우수리 없이 50달러를 잃었고요. 이제 남은 여행비는 100달러.

그때 같이 반지를 찾자던 원정대 친구가 호기롭게 크레딧 카드를 꺼내더라고요. 벤치마킹을 해본 결과 돈을 따고 있는 사람들은 여유롭게 기계에 카드를 꽂고 즐기는 할머니, 할아버지들이라는 거죠. 근데 그 카드 아빠 카드 아니니…면 어떻고 맞으면 어떻다니, 나는 사실 네가 굉장히 자랑스러웠고, 미처 못 말했지만 존경해왔습니다, 언니!

그 언니는 어떤 이변도 없이 깔끔하게 100달러를 날렸어요. 도의적 가책은 느꼈지만 거지끼리 협력할 방안은 없더라고요. 두 비렁뱅이들은 남은 여행 내내 모닝 햄버거, 런치 햄버거, 디너 햄버거로 버틸 뿐이었죠.

김춘삼 꼴로 여행을 마친 그 경험은 제게 교훈 하나를 던졌습니다. 살면서 쪼들릴 땐 한눈팔지 말고 한사코 성실해야 한다. 여유가 없을 때 사람은 절박해지고 무모해지는 걸 제어하지 못해 마냥 대범하게 망해놓고도 변명만 넘친다는 걸 몸소 체험했으니까요.

하여 20대부터 주식 투자를 하며 손해를 본 적이 단 한 번도 없다는 제 비결을 무료로 풀겠습니다. 절대 쪼들릴 때 투자하지 마세요. 없어도 사는 데 지장 없는 금액대의 돈을 정하고 탄탄한 회사의 주식을 산 후 John Bur 씨의 철학을 섬겨 그날부터 버티면 됩니다. 주식 차트는 분석하는 게 아니에요. 기사 보고 일희일비할 필요도 없습니다. 전문가가 정보를 말해주면 같이 멍멍~ 하세요. 이것은 수양입니다. 손해가 발생해도 거실에서 좌우로 다섯 번 뒹굴며 아이구 내 돈~ 을 우렁차게 외칠지언정 몇 년이고 버티세요. 마침내 수익이 났을 때 앞뒤 대각선도 안 보고 매도하면 수양은 끝난 겁니다. 존버는 승리합니다. 잊지 마세요. 존버를 가능케 하는 지지층은 여유입니다.

브루나이

생소했던 나라 브루나이로 가족 여행을 떠났던 건 세련되게 생긴 직장 동료가 인생 여행지라며 극찬도 했거니와 때마침 정글 탐험이 가능하다는 정보도 입수했기 때문이…라는 건 핑계고 새해가 되면 브루나이 국왕이 전 국민에게 세뱃돈을 준다는 기사를 읽어 오늘부터 무슬림이 되겠다는 각오로 떠난 것이었습니다.

당시 직항이 없었던 관계로 급부상하던 동남아 여행지 코타 키나발루에서 며칠을 즐긴 후 브루나이로 건너가 연말연시를 보냈는데 기름이 콸콸 솟는 이 나라는 오일 머니의 힘을 제대로 보여줬지요.

가까스로 수집한 후기들은 전무한 수준의 대중교통과 오른쪽 운전대를 지적하며 택시를 권장하고 있었고, 사실상 택시조차 찾아보기 힘들다 하여 우리는 과감히 렌터카를 예약했습니다.

영어권 국가인 브루나이에서 소통의 문제는 없을 거라 믿었지만 공항에 오기로 한 렌터카 직원이 감감무소식이라 망연자실하게 공항 앞에 서 있는 그때 국왕같이 생긴 중년 남성이 우리에게 다가와 도와줄까 묻는 것이었어요. 예약 증서를 보여달라면서 본인 휴대폰으로 전화를 걸어 위엄 있는 자태로 직원을 다그쳐주셨는데 알고 보니 그 국왕님은 택시 기사였습니다. 국왕님 호통에 재빠르게 직원은 나타났고, 일감이 없어 한가한 우리 국왕님께서는 끝까지 차를 잘 인도 받는가 멀찌감치 지켜봐주시더군요. (외람된 말씀이오나 세뱃돈은 언제 주실 건지….)

부자 나라의 품격에 감탄하며 도착한 호텔에서는 동네 갑부 추정 결혼식 피로연이 열리고 있었는데, 신기하게도 몸에 겹겹이 천을 휘감고 있음에도 국적을 불문하고 부자는 부티가 나더라고요. 여독이 안 풀려 하이퍼 걸린 아들이 호텔 로비를 휘젓고 다니자 상당히 고압적인 자세로 아이를 쏘아보는데 귀족미 넘치는 눈빛에 뭔가 천민이 된 기분까지 들었네요.

다음 날 연말연시라 최고가로 입금 완료한 2박 여정의 정글 탐험이 시작되었는데 로밍도 해 가지 않아 조바심에 바들거리며 나간 접선 장소에는 다행히도 지적으로 생긴 청년 가이드 제임스가 우릴 기다리고 있었습니다. 돈을 1.5배로 지불하고 굳이 정글에서 연말 생고생을 자처하는 바부팅이들이 흔치는 않다며 너네 말고 예약한 바보 팀이 하나 더 있다고 태운 일행도 한국인들이었어요. 20대로 보이는 청춘 커플 뒤에서 남편과 유치하게 알나리깔나리 시시덕거렸는데 알고 보니 그 둘은 바보 피가 흐르는 남매였지요. 이 나라에서 한국인 만나기는 정말 쉽지 않다 했는데 머나먼 정글에 가도 한국인밖에 없드라~.

정글에 가기 위해선 수상가옥에서 출발하는 허름한 배를 타고 현지인들과 한 시간 넘게 거대한 흙탕물 강을 거슬러 올라가야 합니다. 이게 끝이 아니라 도착지에서 또다시 지프를 타고 다른 정박지에 다다르면 모터 달린 카누 같은 배를 타고 살벌한 물살을 거슬러 삼십 분을 더 휘달려야 했어요.

드디어 눈앞에 나타난 울루울루 템부롱 국립공원 리조트! 호텔인데 호텔 아닌 호텔에서 잤던 경주 수학여행을 되살려주는 모험과 신비가 가득해 보이는 숙소였지요. 가이드 말이 곧 리모델링 예정이라 하니 그 말인즉 니네가 제일 후질 때 제일 고가로 예약했다는 뜻이기도 했습니다. 사람이 헛돈을 쓴 것 같으면 합리화가 극에 달해 난 원래 이런 삐걱거리는 산장에서 가족 간의 추억을 쌓는 게 로망이었다며 자주 우기게 되더군요.

여하튼 긴장감 만발하던 배 타기로 허기진 배를 채워주기 위해 전속 셰프 한 분이 이런저런 음식을 만들어 내오셨는데 우리 부부는 아직도 그 맛을 격하게 그리워한답니다. 브루나이 가정식 같은 점잖은 식단으로 튀는 음식은 하나 없었지만 깔끔하고 개운하고 계속 생각나는 뒤끝 작렬하는 그 맛! 내 마음속 미슐랭 파이브 스타였죠.

정글은 밤이 일찍 찾아와 이른 아침부터 제법 빡빡한 일정을 소화해야 했는데 그중 최고는 새벽 출발로 산 정상에 있는 철제 사다리탑 전망대를 올라가는 일이었습니다. 사진에선 다들 상쾌하게 웃고들 있길래 그런 가혹 행위일 거라고는 짐작을 못 했던 것이죠. 빗물에 미끄러워진 산길에서 이번 생은 글렀다며 먼저 가라 하고 싶은 심정인데 옆을 돌아보니 만 2세 된 아들을 한 팔에 안고 비탈길을 묵묵히 오르는 남편이 보여 묻혀도 정상에 묻히자는 생각에 묵묵히 걷고 또 미끄러졌습니다.

드디어 도착한 전망대, 어마무시한 철제 계단을 오르기 전

혹시 여기에서 떨어져 죽은 사람이 있었냐 물으니 가이드는 파안대소할 뿐이었죠. So died or not? 전망대에 올라서자 그제야 사방에서 정글의 지저귐이 들렸는데, 꽉 찬 아름다운 굉음이었어요. 비록 돈에 부응하는 시설은 아니었지만 돈으로 살 수 없는 여정임을 확인하며 사랑스러운 정글을 떠나 도시로 되돌아왔습니다.

브루나이에는 예전 왕의 궁전을 개조해 만든 호텔이 하나 있는데 시설도 좋지만 무엇보다 내부에 금색 장식들이 진짜로 금이라서 더 유명한 곳이지요. 수많은 관광객들이 화장실 금색 휴지걸이를 볼 때마다 요동치는 내적 갈등 속에 도적이 되고 싶게 만드는 충동적인 장소기도 하죠. 정글 1박에 한참 못 미치는 합리적 가격이니 금붙이를 긁어내 안 들키고 가져올 가능성을 염두에 두면 꿩 먹고 알 먹고 철창 간다 할 수 있습니다. 사방이 금빛으로 흘러내리는 이 호텔은 음식들도 맛있어 모든 식당들을 둘러보지 못한 게 아쉬울 따름이었죠.

우리는 다시 렌터카를 타고 주변 관광을 하기 시작했는데 이슬람 문화는 찍는 사진들마다 아라비안나이트를 만들어주더군요. 낮에도 멋지던 이슬람 사원의 야경이 궁금해 한사코 어둑해지는 도시 이곳저곳을 들락날락했는데 그때 예약한 적 없는 위기가 닥쳤습니다.

어디선가 방향을 혼동해 진입 방지 철침에 타이어가 터진 모양이었어요. 국도 어디쯤부터 꿀렁거리기 시작하는 타이어. 로밍은 안 했지, 방법은 모르겠지, 멀지 않으니 호텔까지 천천히 가보자고 운전했더니 급기야 고속도로 진입 얼마 뒤 타이어가 완전히 분리되어 그르렁 그르렁 철이 바닥에 긁히는 소리가 났습니다. 귀신을 그룹으로 만나는 건 공포도 아니었죠. 생사의 공포를 느끼며 갓길에 차를 세우고 주변을 살피는데 지나가는 그 어떤 차도 우리의 사정을 알 리 없었고, 처량 맞게도 저멀리 이슬람 사원에서는 알아듣지 못하는 기도문이 배경 음악처럼 울려 퍼지고 있었습니다.

남편은 번개 맞은 사람처럼 분주하게 이리저리 소득 없이 뛰어다녔고 이 절망 속에서도 곤히 잠든 아들 얼굴을 보니 엄마가 나설 때라는 생각이 들었어요. 매의 눈으로 주변을 살펴보니 저멀리 알라신 필 충만한 사원 앞쪽에 주차장이 보였고 거기에 빨간 승용차 오직 한 대가 라이트도 켜지 않은 채 주차되어 있더라고요.

다급하게 그 차를 향해 돌진하면서도 머릿속엔 온통 최악의 시나리오가 써지고 있었습니다. 브루나이가 혹시 총기가 허락된 나라던가? 설마 마약상인가? 에이 설마 술도 금지인 나라인데…. 범죄와의 전쟁을 선포하며 도착한 그곳엔 맥주 색깔 액체를 담은

페트병을 숨기는 30대 남녀 한 쌍이 있었습니다. 술인가? 불륜인가? 지금 이 상황에 총만 아니면 된 거였죠.

촌스럽게 펑크를 외치는 남편 옆에서 유창하게 flat tire 사연을 늘어놓으니 재빠르게 본인 휴대폰으로 렌터카 회사에 전화를 걸어 몇 번 국도에서 몇 번 고속도로를 탄 어느 지점이라는 우리로선 불가능한 위치 설명을 해주더라고요. 통화가 끝나자 우리 차 뒤쪽으로 본인의 차를 옮겨 함께 기다려주기까지 했어요. 호텔까지 못 데려다줘서 미안하다는 사과와 함께.

인성 보소! 절체절명 속의 도움이었는데 하도 놀란 마음에 사례는커녕 이름도 못 물어본 게 여태 미안하답니다.

세뱃돈 받을 흑심에 보험조차 대강 들어 추가로 8만 원가량 지불하긴 했지만 처음 만난 국왕님 택시 기사부터 살갑기만 했던 가이드 제임스, 알라신을 증명해준 브루나이 커플, 야심한 밤 열일 제치고 달려와 사고를 수습하고 우리를 달랜 렌터카 직원까지 그들에게 받은 세뱃돈은 백지수표 그 자체였습니다.

역시 오일 머니! 브루나이~ 새해부터 연말까지 복 많이 받으세요.

몰디브

신입 사원이 들어오면 두 가지를 명심시켰다고 했어요.

"우리 여행사의 고객에는 두 종류가 있어요. 진상과 개진상."

몰디브 여행사를 운영하시던 수강생 분과 점심 식사를 할 때 들은 말입니다. 초창기 몰디브는 특화된 여행지의 특화된 견적으로 여행객 모집이 쉽지 않았다는데 그 특별나게 비싼 곳을 선택하는 고객들은 절로 특권의식이 생겨 종종 대놓고 갑질을 했다고 해요. 리조트에서 말이 안 통하는 본인의 영어 실력은 아무 잘못이 없으니 대뜸 한국에 있는 여행사 직원에게 밤이고 새벽이고 전화를 걸어 "통역해~"는 기본에, 술값이 비싸다고 불평, 음식이 입에 맞지 않는다고 불만, 가구가 내 스타일이 아니라고 실망, 파도가 세다고 컴플레인, 창조적인 진상들은 진화를 거듭했다고 합니다.

직업적 고충을 들으면서 진짜 힘드셨겠다는 생각은 약간뿐이고 미친 듯 몰디브가 가고만 싶어졌어요. 갑질을 부른다는 그 바다는 얼마나 비싸길래, 아니 그렇게 비싸다면 도대체 얼마나 예쁘길래 몰디브만 가면 진상 증상이 나타나는지 궁금하기만 했거든요. 그분이 만약 제게 영업을 하신 거라면 낚였어도 할 말 없는 최고의 낚시질이었습니다. 시시껄렁한 얘기도 위트 있는 연극 한 편처럼 풀어내시는 어부님! 저도 모르게 몰디브 얼마면 돼? 물었고 네깟 것이 갈 곳이 못 된다는 듯 대충 비싸다고 얼버무릴수록 내깟 것은 언젠간 꼭 가고야 말겠다고 칼을 갈게 되더라고요. 꼭 당신을 통해서 말입니다. 그분은 맨손으로도 고기를 낚는 어부셨습니다.

허니문은 이미 다녀왔으니 버킷 리스트로 몰디브 가족여행을 고딕체로 굵다랗게 새겨놓고 그 상상력의 끈을 잡고 희망으로 버티며 살아갔지만 현실은 대출 갚아 나가기도 빠듯했어요. 해마다 저렴한 여행지를 찾아다니며 마음을 달래보았지만 여기 바다가 이 정도면 몰디브 바다는 달달한 맛 나는 거 아니냐며 은행과의 채무만 해결되면 내 기필코 몰디브 바닷가에 반나체로 엎드려 등짝을 태우겠노라 명심을 거듭했습니다.

드디어 대출을 다 갚던 날, 볼 것도 잴 것도 없이 몰디브를 실행에 옮겼어요. 그 어부를 통해서 말입니다. 많이 저렴해졌다는 가격이 1박에 100~200만 원 선이어서 4인 가족 괌이나 사이판 여행비와 맞먹었지만 대출이 없다는 해방감에 살면서 사람이 버킷리스트 중에 하나쯤은 해봐도 되는 거 아니겠냐며 마! 내가 마! 몰디브에서 마마! 장장 7박을 보낼 거다 마! 과감해졌습니다.

예산을 한참 벗어나 다시 은행과 손을 잡아야 될 지경에 이르렀지만 어부님께서는 파격적 프로모션으로 식사 및 주류, 마사지, 잠수함 탑승, 해양 스포츠 등이 모두 포함된 올 인클루시브 고급 리조트 중 심지어 아이들은 전액 무료로 묵을 수 있다는 개꿀인 리조트를 추천해주셨으니 DREAMS COME TRUE. 허니문도 자유여행으로 떠났던 나인데 여행에 이런 큰돈을 써보기는 처음이라 가슴이 허벌렁거리면서 기적의 계산법이 유감없이 발휘되었습니다.

'왜 이래. 한국에서도 풀빌라 예약하면 100만 원 넘는 데 많아. 게다가 같은 100만 원이긴 해도 여기에는 국내선과 요트 비용이 포함된 거니까 실제론 80만 원꼴인 거고, 매끼 알라카르떼로 코스 요리를 먹는 거니까 4인 가족 총 12끼를 5만 원씩만 잡아도 60만 원 차감되니 숙박비가 20만 원 되는 거네. 그뿐이야? 주류가 금지인 나라라 한정적으로 판매가 허용된 리조트에서 맥주 한 캔이 2만 원쯤 한다니 우리 부부 하루 열 캔씩만 따 마셔도 40만 원어치니. 왐마~ 이거 돈을 쓰는 게 아니고 벌러 가는 거네. 모히또 가서 마사지 먹고 잠수함 마시자~ 몰디브 만세!'

여행의 준비 과정에서 더없이 즐거움을 느껴왔던 전 더 오래 행복하기 위해 6개월 전에 몰디브의 모든 예약을 완료했고 무려 반 년 동안 리조트의 소개 영상들을 물릴 때까지 돌려봤지요. 막판엔 이미 몰디브를 다녀온 것 같은 착각에 오피셜 영상에 나오던 그 모델 언니와 정 떼기가 쉽지 않을 정도였어요.

마침내 몰디브 출국 날, 산 넘고 물 건너 바다 건너서 몰디브 말레 공항에 도착했더니 미안하지만 다시 바다 넘고 섬들을 건너야 한댔어요. 열 몇 시간이 걸려 도착한 우리만의 전용 섬 코노타. 직원들이 기계적으로 환영 노래와 율동을 선보이며 맛대가리 없는 코코넛 주스를 건네줬지만 이 비싼 섬을 1초마다 기록하고 1초마다 기억하리라 마음먹었습니다.

날씨마저 최상이라 더욱 투명하게 눈부신 바다가 가상현실처럼 느껴졌고, 그때 담당 버틀러 Lubna가 다가와 가벼운 식사를 권해 우리는 식당으로 발길을 돌렸죠. 곳곳에 한국인 신혼부부들이 우리 가족에 집중했는데 아이들이 나타나자 연신 "귀여워~"라는 말로 신부들은 신랑들에게 모성애 넘치는 여자임을 어필하더군요.

그러거나 말거나 여독이 풀리지 않은 첫째는 예민해질 대로 예민해져 징그러운 파리가 몇 마리 날아다닌다며 빼액 소리를 질러 단번에 그들을 딩크족 만드는 데 앞장섰다고 봅니다. 저출산을 막기 위해 아이를 데리고 나와 "너 너 너~ 여기가 얼마짜리인 줄 알아?" (알 리가 없지) "엄마가 너 좋으라고 (사실은 나 좋자고) 얼마나 힘들 게 알아보고 계획하고 온 곳인지 정말 몰라?" (정말 모르겠지) 복화술로 또박또박 다그쳤지만 지쳐도 너무 지쳐버린 첫째는 "집에 가고 싶어~"라며 울어 최고의 역설을 보여줬네요. 애야~ 우리 지금 막 도착했단다.

개인 풀장이 딸린 70평 규모의 객실에 들어오자 그제야 아이

174

는 "엄마 여기 진짜 좋아요. 아까 집에 가고 싶다는 말은 취소예요."라며 돈값을 하기 시작했고 저는 이층에 있는 자꾸지에 앉아 샴페인을 따라 마시며 내일부터 어떤 영화에서처럼 매일 똑같은 하루가 무한 반복되어다오, 읊조리고 있었습니다.

기지개 좀 펴려고 나온 전용 비치에는 떡 하니 바다거북이 헤엄을 치고 있었는데 수중 생태계 보호를 위해 여행 전부터 아이들에게 물고기를 잡거나 산호를 파괴하는 일은 절대 금지라 그리도 가르쳤건만, 남편과 전 눈앞에 거북이가 보이자 괴물 소리를 내며 옷을 입은 채로 바다에 뛰어들어 그 녀석을 가까이에서 촬영하겠다고 첨벙거리고 있었다죠. 상어나 가오리는 시골 똥개만큼 흔했고 몇 발짝 앞바다에 풍덩 빠져 스노클링을 하면 세계 3대 수족관은 생각도 안 날 만큼 유리알처럼 투명한 시계(視界)로 각종 열대어 떼를 코앞에서 목격할 수 있었어요. 어느 날 앉은 자리에서 돌고래마저 목격하자 이 리조트에 입사할 방법은 무엇이냐며 청소 잘합니다, 맨손으로 백상아리도 잡아 올게요, 샥스핀~ 하며 절로 미소가 지어졌어요.

무료라 하니 수상 스포츠도 빼먹긴 아쉬워, 투명 보트를 비롯 카약, 카타마란, 서핑 보드 등 매일 새로운 것들에 도전해봤는데 그중 가장 기억에 남는 액티비티는 줄낚시였습니다. 적당한 크기의 요트 선장님은 다양한 물고기들이 나열된 종이를 건네며 애들은 잡아 죽여서 먹어도 되는 것, 애들은 먹으면 너네가 죽는 것, 두 종류를 한참 설명하시며 낚시 스팟으로 우릴 이끄셨습니다.

도착한 낚시 포인트에서 우리 둘째보다 똑똑한 물고기들은 연신 미끼만 뜯어 먹고 잡히질 않았는데 신기하게도 선장님 줄낚시에는 물고기들이 잡히더라고요. 먹고 죽는 물고기도 상관없으니 제발 한 마리만 잡혀달라 애원했지만 결국 빈손으로 돌아온 우리 가족은 그럼에도 가장 즐거웠던 몰디브 기억이라며 엄지를 날리고 있답니다.

이 나라는 음식 문화가 발달하지 않은 탓에 음식이 맞지 않았다는 고생담을 자주 들을 수 있었는데 제가 머문 리조트는 운 좋게도 미슐랭 셰프가 있다 하더니 수많은 코스 요리가 몽땅 다 맛있었어요. 문제는 애피타이저부터 시작해 디저트로 끝나는 어마어마한 양이었는데 본전 뽑겠다고 꾸역꾸역 부어라 마셔라 한 우리 부부에게 사흘째 위기가 찾아왔으니, "여보 정말 미안해 우웁~ 오늘은 나 진짜 우웩~ 더는 못 먹겠어~ 꾸우웩~." 안쓰럽게 부인을 바라보던 남편은 제 등을 다독이며 객실로 돌아와 무료인 미니바 여기저기를 뒤져 소화제 대신 초코바를 건네더군요. 와인이랑 마시면 토사곽란으로 속이 편안하게 비워질 거라면서.

어떤 여행이든 여행 일주일 전이면 빼먹지 않는 나만의 준비가 하나 있는데 바로 현지어 공부입니다. 기본적인 몇 마디라도 익숙하게 만들어 현지에서 써먹으면 친분 쌓는 데 이만한 방법이 없기도 하거니와 그로 인한 특혜도 만만치 않아서죠. Hello 대신 아쌀라 말라이쿰이라 인사하고, Good 대신 바라 바루~ 라고 말하자 삽시간에 소문이 퍼져 리조트 직원 사이에 소소한 유명세를 치르며 일정 내내 각별한 서비스를 받을 수 있었습니다. 형제니까 깔 맞춘다고 챙겨간 갭에서 산 티셔츠가 우리가 갑(GAP) 임을 일깨워주는 것 같았죠.

직접 가보지 않고서는 논할 수 없는 아름다운 몰디브 바다에도 비극은 있었는데, 중국 거대 자본의 침투와 정치인들의 사리사욕으로 정부 기능이 몰락해, 정작 국민의 삶은 아름답지 못하다 했습니다. 리조트 안의 허드렛일이 아니면 직장을 갖기조차 힘들어 하루 1달러도 못 버는 리조트 밖의 현지인들이 대다수라 들어 개진상이 되지는 말자 싶었습니다. 누군가의 딸, 누군가의 아버지들이 내 비위를 맞추며 하루하루 살아내도 한 달 월급이 내가 이곳에서 하룻밤 지불하는 금액에 못 미치는 것이라니 갑질도 적당히 무식해야 가능한 일인 거죠.

7일의 짧다면 짧은 시간 동안 그곳 직원들과 친해져 사는 얘기를 듣다 보면 그들 휴대폰에 저장된 아이들 사진을 보여주는 때가 있는데 사랑스럽고 귀엽다는 칭찬에 만개하여 웃는 그들은 영락없는 아들 바보, 딸 바보 부모들이었지요. 색연필이나 크레파스 몇 개라도 선물로 사 갈 것을 많이 후회했습니다.

버킷 리스트를 현실로 옮기는 일은 생각보다 큰 성취감이었습니다. 나의 결단력에 반했다고나 할까요. 아름다운 섬들이 수면 밑으로 가라앉지 않길 바라며, 눈부신 바다에 걸맞게 몰디브 속 인생에도 별들 날이 빨리 찾아오기를 사랑을 담아 기도합니다.

Varah loabivey, Maldives!(현지인에게 배운 말, "사랑해!")

카오락

카오락(Khao Lak)은 푸켓 공항에서 푸켓 반대 방향으로 한 시간쯤 차로 달려야 나오는 시골 동네입니다.

오래전부터 보석 같은 섬과 해변으로 정평이 나, 특히 유럽인과 호주인에게 사랑받는 관광지죠. 한국인들이 많이 찾지 않는 탓일까, 다이빙 성지로 장기 투숙객들이 많아 물가는 여타 태국 지역의 절반으로 유지되고 있었고 현지인보다 백인이 월등히 넘쳐나 니스 해변에서 비키니 입고 썬탠하는 듯한 착각이 즐비한 곳이기도 합니다.

가야 할 매력은 넘쳤지만 카오락을 가게 된 계기는 따로 있었어요. 생애 첫 가족 비즈니스 탑승. 비즈니스 처음 타봤다고 자랑하는 거 엄청 빈곤해 보이는 짓인 거 알지만, 꿋꿋하고 지리멸렬하게 비즈니스 탑승 과정을 쓰고자 합니다.

시기를 잘 잡아 성수기 이코노미와 비슷한 가격에 비즈니스 티켓팅에 성공한 저는 공항 내 비즈니스 발권 자세와 라운지 이용 동선을 연구하는 데 충성을 다했습니다. 라운지를 1분이라도 더 이용하고 싶은 욕정에 면세품 구입도 포기한 채 다섯 번 넘게 갈아입은 싸와디카 패션으로 공항에 도착했죠. 오늘따라 캐리어는 좔좔 똠얌꿍스럽게 굴러가는 느낌이고, 이코노미 발권의 긴 줄을 보고 있자니 팟타이 팟타이 웃음이 절로 났어요. 예약한 항공사는 비즈니스 발권 부스를 분리해 새로이 단장해놓았는데 고급스럽기가 말도 못 해 여기부터 라운지인가 혼동이 올 정도였죠. 해외 출장으로 몇 번 라운지를 경험한 남편은 가장임을 증명하듯 여권에 출국 도장이 마르기도 전에 전력 질주하여 우리를 라운지로 이끌었습니다.

아무리 처음이 아닌 척하려 해도 여기 앉아도 되나, 저거 먹으면 돈 내는 건가 흔들리는 동공은 어쩔 수가 없더라고요. 최대한 구석탱이에 앉아 이너 피스를 외치며 "애들아 엄마가 여기 있는 거 다 가져다줄 테니 말만 해." 외치고 나니 내가 봐도 나는 멋

있었습니다. 이 순간만을 위해 굶주린 지난 석 달을 떠올리며 한 시간 넘게 그곳 음식을 거덜냈으니 편도 값은 능히 뽑았다 할 수 있었죠.

비즈니스의 백미는 탑승을 알리는 안내 방송과 함께 시작되는데 이코오~~노미 승객들이 길게 길게 줄 서서 기다릴 때 모두의 부러운 시선을 한몸에 받으며 유유히 입장하는 바로 그 순간이라 할 수 있겠습니다. 처음인 게 티 나지 않도록 최대한 자연스러운 보폭으로 천천히 고고한 학처럼 들어가는 게 비결이에요. 분명 그렇게 했다 믿었는데 타고 보니 우리 가족이 1등을 했네요?

안전하게 모실 승무원 누구라며 승객 한 명 한 명 코앞에 대고 길게도 인사말을 건네니까 나의 촌스러운 동공은 또다시 진동했고 오늘따라 말도 더듬대요. 고마버요. 감따해요. 승무원이 주스를 건네자 신이 난 둘째는 앞에 앉은 형을 불러 비행기에서 일 도와주시는 어머님께서 주스를 주셨다며 아껴 마시기까지 하더군요.

좌석에 붙은 수많은 버튼들을 흘깃흘깃 독학하고 있는데 용기가 솟아나 하나를 꾸욱 눌렀더니 혼자 누워 출발하게 생겼는데 되돌릴 방법을 미처 모르겠더라고요. 잠깐 쉬고 싶었을 뿐이라며 피곤한 척 혼비백산하다가 아무거나 눌러대니 겨우 제자리로 돌아올 수 있었습니다. 좌석이 180도로 펼쳐지는 풀 플랫 기종이 아니어서 잠들만 하면 흘러내렸다 기어올랐다를 반복했지만, 이거 봐라 우리는 비행기에서 미끄럼틀도 탄다~ 며 행복지수를 높였어요. 생애 처음으로 비행기 연착을 간곡히 바랐지만 아쉽게도 순항이 이어져 예상보다 일찍 도착한 게 유일한 단점이었습니다.

도착한 카오락은 기대보다 만족도가 더욱 높았는데 저렴한 룸서비스, 더더더 저렴한 로컬 푸드, 툭하면 찾아오는 해피아워 식음료 할인, 어학연수 뺨치는 키즈 카페의 무료 프로그램, 말도 안 통하는 우리 애들과 날마다 놀아준 호주 애들, 워터파크보다 크고 좋았던 수영장, 비수기라고 헐값에 타고 온 뗏목 투어 등 나무랄 것이 없었습니다. 할 말 많은 만점짜리 여유로운 장기 숙박이었지만 일일이 풀어낼 생각은 없어요. 어차피 이 글은 카오락 아니고 비즈니스 탑승 자랑에 뚜렷한 목표를 뒀기 때문이죠.

이제 끝이냐고요? 아니죠, 아니죠. 돌아올 때도 비즈니스를 탔으니까 이제 귀국 편을 상세히 전할 차례인데 제가 또 눈치는 있습니다. 박수칠 때 떠나는 미덕을 남기며 다음엔 꼭 풀 플랫 경험담으로 돌아올 것을 약속할게요.

아무도 듣고 싶지 않을지라도… 그 누구도 원하지 않는다 해도.
I'll be back.

STORY

5

Neighborhood

Hakuna matata

고구마

백만 개의 유래

이사를 와서 친구가 없어 고민이라면 걱정하지 마세요. 조리원에 2주만 있어도 동기들이 생겨나는 결속력 강한 대한민국 아닙니까. 유모차 끌고 뻥튀기 한 봉지, 남편 연봉이 높다면 두 봉지쯤 들고 놀이터에 나가 유순한 표정으로 있으면 애가 몇 개월이냐 묻는 친구세주가 생길 거예요.

애 바람 쏘이겠다고 나간 놀이터에서 '도를 아십니까'의 표정으로 다가오는 한 엄마. 쇼미더머니는 시작됩니다. 남편 하나, 아들만 둘, 인사이드 유모차 아기는 양띠, 1동 살아요, 전화번호는 뽈렐렐레 뼬렐렐레. 드랍더비트! 초면에 질문은 터지지만 그 엄마가 준 뻥튀기를 내 아이가 좋다고 받아먹으니 이것은 호감인 거죠. 그 집은 딸만 셋이랍니다. 딸부자!!

그 부잣집이 다음 날로 우릴 초대했어요. 아이들을 잘 다루는 난 삼십 분 만에 친엄마 정도는 사뿐히 즈려밟는 재미있는 이모님이 되었고, 9세, 6세 된 예쁘장한 그 집 첫째, 둘째가 급격하게 따르기 시작하며 그 후로 놀이터에서 날 만나면 이산가족 상봉처럼 반가워했지요. 갖고 나간 간식은 3분이면 품절되었고, 이런저런 가지가지 요구를 해 와 고맙게도 경력단절녀인 나를 취업시켜줬어요. 무급 베이비 시터.

놀이터만 나갔다 오면 정신도 주머니도 털려 삶의 질이 좀처럼 회복되지 않았지만, 호구와트 졸업생처럼 나도 답례를 해야 한다며 그 부잣집을 초대한 건 희대의 실수였습니다. 발망치인가, 발토르인가 조용한 순간이 없었고, 당시 다섯 살이던 첫째 아들은 과격함에 기가 눌려 누나들을 형이라 불렀으며, 급기야 야심차게 산 코스트코 대형 볼풀장을 뒤집어 그 위에서 같이 뛰자는 제안에 쫄아 나온 아들은 이실직고 및 석고대죄를 했습니다.
볼풀공으로 폭탄 맞은 방을 보며 태연한 척 "애들이 그럴 수도 있죠."라고 했더니 부잣집 엄마는 나라면 이런 거 집에 두지 않는다며 사과 대신 책망을 하는 것 아니겠어요? 안 그래도 우리 부부의 직업 및 자가 유무 등을 물어 빈정 상한 마음이 선을 긋던 중인데 결정타였습니다.

그날부터 외출을 삼가고 그 엄마의 연락도 피했어요. 어쩌다 놀이터에 나가면 그 집 딸들은 교대로 보초를 서는지 5분 만에 따라 나와 놀아달라 했고, 회귀본능은 날로 강해져 전쟁 다음으로 긴박한 일이 생겼다며 집으로 돌아오곤 했지요. 친해졌다 생각한 이모가 놀아주지 않자 화가 난 것인지 그다음 놀이터로 따라 나온 그 집 둘째는 내 인생 월스트 치욕을 줬습니다. 레깅스에 롱 셔츠를 입고 유모차를 밀고 있던 나의 뒤에서 셔츠 끝자락을 브라 높이까지 들어 올려 셔츠께기를 하지 뭐예요. 그 시간 놀이터에서 놀고 있던 아이들은 원치 않게도 내 푸짐한 엉덩이와 출렁이는 허리로 추정되는 신체 부위를 목격했고, 그때부터 집값이 안 올랐다고 하더군요.

수치심 가득 칩거에 돌입했고, 얼마 뒤 지인을 통해 그 집이 곧 이사를 간다는 경사를 전해 들었습니다. 이사 일주일 전, 그 엄마에게서 전화가 왔죠. 유종의 미를 거두려는 제스처인가 했더니 이런 욕정애미를 봤나! 둘째 낮잠 시간을 물으며 애 재우고 자기 집 딸들과 영문판 보드게임을 가지고 놀아달라는 것이었어요. You must 조용하다.

워낙 유명한 게임이라 검색하면 규칙 다 나오니까 보고 엄마가 직접 놀아주라니까, 날 향해 자기는 영어 잘하니까 금방 해줄 수 있지 않냐며 이게 어디서 애인 행세를 하는 거예요. 둘째 낮잠 시간이 내 유일한 휴면기라 그렇게 활용할 수는 없다고 하자, 본인은 애가 셋이라며 떵떵거렸어요. You must 그 입 다물다.

대놓고 거절하는데 계속 물고 늘어지니 방법을 바꿔봤어요. 엄마가 직접 놀아주는 아이들이 공부도 잘하는 거라며 나중에 서울대 갈 줄 또 누가 알겠냐 회유를 했습니다. 본인은 아이들 서울대 보낼 마음이 전혀 없다고 속에도 없는 거짓말을 하더라고요. 학벌에 얽매여 각박한 세상에서 아이들 키우고 싶지 않다나? 그러지 말고 고구마 줄 테니까 애들 좀 봐달래요. 햐아아아~~~ 그대가 준 고구마 백만 개를 되팔아 고구마 거상이 된다 해도 안 될 말이었지요. You must 사라지다.

초반 본문 내용 중 수정 들어갈게요. 놀이터에서 착하게 서 있는데 고구마 줄 것같이 다가오는 엄마는 예외적으로 조심하시길.

믿으십니까

직장 동료 한 명이 용하다는 점집에 다녀왔는데 그렇게 잘 맞힐 수가 없다고 극찬을 하더군요. 용하다는 말 한마디에 사람들은 우르르 몰려들어 다들 거기가 어디냐고 정보를 받아가기 바빴고 어디인지 궁금할 리 없던 전 뭘 물어보러 갔느냐 물었습니다.

남편과 사이도 원만치 않고 직장도 적성에 안 맞는 거 같아 유학을 가는 게 어떨지 물으러 갔다더군요. 현실 도피적인 발상도 우려스러웠지만 유학원이 아닌 점쟁이를 찾아갔다 하니 한숨부터 났습니다. 뭘 어쩌라 했길래 잘 맞힌 것이냐 했더니, 땅, 불, 바람, 물, 마음 캡틴 플래닛을 만나고 온 듯했어요. 남편은 나무

목이 많고, 여자는 불 화가 많다나, 직장에도 마음이 없어 오래 다닐 팔자가 아니니 유학을 추천했다더군요. 아하~ 듣고 싶은 말을 듣고 왔구나!

제가 점쟁이 인턴이래도 그렇게 말해줬을 것 같아요. 기혼자에 직장도 다니는 여자가 찾아와서 유학을 가고 싶다고 말한다는 건, 누가 봐도 남편과 깨 쏟아지는 상황은 아닌 것이고 직장은 오늘이라도 때려치우고 싶단 말인데, 답을 다 정해놓고 와서 자 어서 내가 듣고 싶은 말을 해보라 하는 사람한테 뭐 하자고 듣기 싫은 조언을 할 것이며, 설득으로 소모전을 벌이겠어요. 미안하지만 관상 아니라 당신 인상만 봐도 죽을상인데 당신은 남편과 천생연분이며, 그 직장에서 버티면 좋은 날 온다고 납득시키는 건 한눈에도 불가능해 보이거든요. 나였어도 같은 돈 받고 듣고 싶은 말 해주면서 용하다 칭찬받는 길을 택했을 겁니다.

점쟁이도 인품이 훌륭해야 한다는 말이 있습니다. 명리학도 학문이라면 학문이고, 점쟁이도 철학을 한다면 하는 것인데 양심을 가지고 긍정적 성품으로 점괘를 전해야 진정 사람을 살리는 점을 치는 거라 들었어요. 예를 들어, 부모에게 도움 하나 못 받을 사주를 가진 사람에게 그 뜻풀이를 박복하다고 말할지, 자수성가

한다고 말할지를 결정짓는 것은 인품에서 비롯된다는 것이죠. 그렇고말고요. 남의 운명에 돈까지 받고 껴드는 참인데 최소한 바른 자세로 임하는 게 맞지 않을까요?

하여간 어느 직종이건 돈벌이에만 능하면 뒤탈이 많은 법인데, 대놓고 속여도 듣기 좋았다고 소문만 잘 내주니 어쩌면 막 해도 번창할 걸 알았던 용한 점쟁이가 맞을지도 모르겠습니다.

동료는 점쟁이 말에 굳이 패기까지 솟아나 회사를 관두고 유학을 준비했으며 일 년 뒤 이혼을 했다고, 그러나 결국 유학도 못 가고 다른 직장에서 여전히 툴툴거리며 일하고 있다는 소문만 남겼습니다.

예전에 한 프로그램에서 어떤 개그맨이 콩트를 했던 게 기억납니다. 용한 점쟁이로 분한 그 개그맨이 옆 사람을 뚫어져라 한참 보더니 "집에 사과나무 있지?"라고 물었어요. 없다고 대답하자 "있었으면 큰일날 뻔했어."라고요.

믿고 싶은 걸 믿지 말고 믿을 수 있는 걸 믿으세요.

한여름 밤의 악몽

　　이사 와서 적응이 됐다 싶을 무렵 봄이 찾아왔어요. 상쾌하게 창문을 열고 집안일을 하고 있는데 어디선가 아이의 구슬픈 울음소리가 들려오는 겁니다. 초등학생 정도 되는 남자아이의 목소리였습니다. 엄마한테 혼났나 보다 넘겼는데 주기적으로 계속 들리니까 점점 무서운 생각이 드는 거예요. 애증의 장르가 공포, 스릴러였거든요. 이 집에 살았던 아이의 영혼이라 확신하며 대낮에도 오들오들 떨었죠. 하루는 안방 욕실에서 샤워를 하는데 울음소리가 바로 옆에 있는 것처럼 크게 들리는 거예요. 나한테만 들리는 소리가 맞구나 확신은 견고해져만 갔습니다. 얼마 후 엘리베이터에서 이웃들에게 "혹시 낮에 아이 울음소리 못 들으셨어요?”물었더니 하나같이 절레절레하며 표정이 굳어가기 시작했어요. 단체로 뭔가 숨기고 있는 것 같아 공포는 극에 달해갔지요.

단서 하나 찾지 못한 채 여름이 왔습니다. 그날 우리 가족은 거실에서 자고 있었는데 열두 시가 좀 넘은 시각 뒤척이며 잠에서 깨어났습니다. 어디선가 남자의 괴성과 여자의 울음소리가 섞여 들리는 겁니다. 다행히 남편도 동시에 소리를 들어 환청이 아닌 건 확실해졌어요. 순간 우당탕탕 무너지는 소리까지 들리자 왜 우리가 더 긴장하는지도 모른 채 기어들어가는 목소리로 속삭였어요.

“여보~ 어느 집인 거 같아?”

“이 정도 소리면 누구 하나 죽은 거 아니야?”

“자기야, 밖에 나가서 불 켜진 집 몇 호인지 좀 보고 와.”

망설이다 나간 남편은 용의자가 바로 아랫집이라는 결정적 증거를 찾아냈습니다.

다음 날부터 그 집 부인과 아이 걱정에 아무것도 손에 잡히지 않는 거예요. 현장을 놓칠세라 늦은 시각까지 잠도 참아가며 잠복근무에 돌입했어요.

얼마 안 가 또다시 가정 폭력의 굉음이 들릴 때 저는 거실 바닥에 귀를 바짝 붙이고 이곳저곳 미끄러져 다니며 음성 해독을 시도했어요. 남편 말에 의하면 본 중 최고로 기괴하고 무서웠다 더군요. 몰입도 최대치로 드디어 문지방을 타 넘는 순간 또렷한 남자의 음성이 잡히기 시작했습니다.

"너 내가 얼마나 힘든지 알아?" "너 내가 얼마나 힘든지 이해하냐고?"

끝없는 남자의 화풀이와 무언가 부수는 소리에 순간 바닥에 대고 "야 이 자식아~ 그만해~"라고 외칠 뻔했어요.

아니, 힘든 거 이해 못 해준다고 이 난리를 친다고? 한 사람 때문에 나머지 가족들이 겪을 고통을 생각하니 반드시 해결 방법을 찾아내야만 했습니다. 학교와 학원, 병원 등의 아동 학대를 신고할 의무가 있는 기관에 알릴까 했으나 만에 하나 아랫집이 아닐 경우 뒷감당이 안 될 것 같아 관리사무소를 먼저 찾았죠.

안타깝게도 이제까지 접수된 같은 내용의 민원은 없다고 하여 결국 112에 신고했습니다. 출동한 두 분의 경찰관은 확실한 물증 없이는 처벌할 수 없다 했고 탐문 수사 역시 권한 밖의 일이라 했습니다.

옥신각신 경찰이 원망스러웠는데 잘 생각해보니 가정 폭력 관련한 법이 없다는 게 원초적 문제더군요. 그분들이 들고 온 가정 폭력 예방 포스터를 엘리베이터에 부착하는 것으로 마무리를 지었습니다.

놀라운 사실은 종이 한 장의 위력이 생각보다 컸다는 거예요. 포스터가 붙은 날 이후 울음소리, 비명, 괴성은 사라졌습니다. 거기서 끝이 아니라 친한 이웃들에게 이 포스터 내가 신고해서 붙인 거라고 말할 때마다 다들 안도의 한숨을 내쉬며,

"휴~ 나 얼마 전에 애 혼냈거든. 나 때문에 신고 들어간 줄 알았잖아."

"어머~ 하필 우리 부부싸움 한 다음 날 붙었길래 남편하고 이제 조심하자 했지."

단지 전체에 평화의 시대가 도래한 것입니다. 월드 피스를 종이 한 장으로 이뤄낼 줄이야. 몇 달 뒤 아랫집은 이사를 갔고 우리는 공포로부터 해방될 수 있었지만, 그들의 가슴팍에 여전히 그 포스터가 착 붙어 있기를 바랍니다.

Give and Take

　계산법을 즐기지는 않지만 당신에게 받은 은혜를 딱 떨어지게 대갚음하는 삶에는 극성맞게 동의하는 사람입니다. 또박또박 굴자는 건 아닌데 미안함만큼이나 고마움도 오래 잊지 말자는 생각에 미리미리 보답하며 사는 게 일단 후련해서 좋았고, 좋아서 후련했지요. 옹졸함도 없지는 않아 받아 챙길 줄만 아는 사람들에겐 솔직히 서운함도 생깁니다. 주거니 받거니는 한 세트라는 걸 잊지 않기 바랍니다.

　Give & Take는 화폐의 영역에서 가장 명료하게 나타나죠.
　저금을 할 때 납입은 Give, 원금과 이자는 Take.

투자를 할 때 투자는 Give, 수익 or 손실은 Take.
재화를 살 때 지불은 Give, 획득 및 소유는 Take.

명료하다고 하여 모든 Take가 만족스러운 것은 아니지만 가장 심플한 주거니 받거니의 형식입니다.

이것이 인간사로 옮겨갈 땐 기대치가 발동해 복잡해지기 시작하는데 말 한마디로 천 냥 빚을 갚았다는, 사실 언저리에 근거했을 그 속담만 봐도 꼭 수치에 의해서만 주거니 받거니가 완성되는 건 아닌 거예요. 사람 사이의 주고받음은 진심이 핵심이죠.

편의점에서 직장 동료에게 사주는 음료에는 언젠가 그거 꼭 되받아 먹겠다는 기대치가 있는 게 아니죠. 불쑥 내민 음료수에 가벼운 애정 또한 담겼으니까 그 마음 알아달라는 기대치가 전부인 것이라 환한 웃음에 고맙다는 인사치레면 모든 Take가 완료되는 것입니다.

친구가 생일선물로 내게 건넨 고가의 지갑에는 상응하는 가격대의 선물을 되돌려받을 음흉한 속내가 있는 게 아니죠. 좋아해줄 당신의 마음을 읽고 싶은 들썽거림이 있는 것입니다. 고심 끝에 돈이 아닌 마음으로 산 지갑일 뿐인데 부담스럽다며 그 애정을 부정할 필요는 없습니다. 빚진 기분은 접어두고 지나치게 환호해주는 응답이라면 그 우정은 주거니 받거니가 완성되는 것입니다.

사랑에도 Give & Take는 있습니다.

남녀 간의 사랑은 주고받음도 불타올라 끝이 있더라도 끝나기 직전까진 영원할 듯 굴어보자는 열정을 주고받는 것이기에 그 순간에 충직했다면 그걸로 됐다는 생각입니다. 그게 훗날 그리움이 될지 밑거름이 될지 모르겠지만 시키지 않아도 숨가쁘게 주고받을 테니 가장 성실한 Give & Take이자 꼭 거쳐봄직한 주거니 받거니라 하겠습니다.

부모 자식 간의 사랑은 무릇 대단한 영역이죠. 한 가지 걸리는 건 맹목적이라는 표현인데 무의식 속에서나마 잘 커달라는 목적을 가지고 사랑해주시는 것이기 때문에 그 기대치를 이해했다면 자식들은 잘 크는 방향으로 Take하면 될 것입니다.

당연한 것은 어디에도 없습니다. 넙죽 공짜인 듯 굴지 말고 못마땅함이 생기지 않게 잘 마땅하게 살면 좋겠습니다.

그 정도가 제가 말하는 딱 떨어짐입니다.

택
시

—————————

중독

부모님의 집을 구하는 0순위 조건이 역세권입니다. 1순위 조건은 초역세권. 덕분에 지하철에서 가장 멀게 살았던 적이 도보 5분 거리였고, 대부분은 1~2분일 정도의 초역세권에서 살았었죠.

서울처럼 특히나 교통지옥을 경험하는 대도시에선 집 크기보다 역세권의 유무가 더 중요한 요소로 작용하기도 합니다. 지하철이 가까우면 버스 체계는 당연히 촘촘하게 동반돼 있고 그것은 출퇴근 시간의 단축, 삶의 질 향상으로 이어지니까요. 나중에 너희가 집을 얻을 때도 반드시 역세권을 얻어야 한다며 명심에 명심을 시키셨기 때문에 저는 택시를 탔습니다.

집에서 직장까지 버스 세 정거장 거리였어요. 마음만 조금 먹으면 걸어 다닐 수도 있는 거리였죠. 근데 왜 마음을 먹어야 하죠? 맛있는 게 얼마나 많은데….

제 사정을 들어보시면 곧 이해하시게 될 거예요. 전 새벽반 강사를 하며 계절별 수요에 따라 새벽 6시 또는 7시부터 강의를 했던 사람입니다. 직장에 도착해야 하는 시간이 늦어도 5시 50분이어야 한다는 말인데 준비하는 시간을 고려하면 4시 30분에는 일어나야 하는 거죠.

그게 가능해요? 침대 속에서 몇 시간 동안 결속력 다진 나의 온기를 떨쳐내고 4시 30분에 눈이 딱 떠져서 이불 걷어차고 샤워하고 양치질하고 곱게 화장하고 원래가 늘 준비된 사람인 것처럼 출근하는 게 가능하겠냐고요?

동이 터오는 시간엔 강남대로라고 붐비지 않습니다. 사람도 차도 많지 않은데 어떤 취객이 자고 있을지도 모를 지하철역은 일차 제외 대상입니다. 버스 배차 간격도 길어지는 새벽엔 기다리며 허비하는 시간만 5분 이상 잡아야 하죠. 중앙 차로에서 내려 직장까지 걸어가는 동선이 은근 애매해 8분 이상 잡아야 하고요. 택시로 도어 투 도어 3분, 늦어도 5분이면 도착할 거리를 모든 역경을 뚫고 30분 걸려 버스를 이용해봐야 천 몇 백 원 아끼는 꼴이니 초역세권에 살면서 택시를 탈 수밖에요.

수년간 택시를 타면서 재미있는 일화도 많았습니다. 택시는 포근하기도 하고, 빠르기도 하고, 시끄럽게 말을 걸기도 하고, 무섭기도 하고, 인상적이기도 해요. 기사님들 중에는 새벽잠도 덜 깬 날 붙들고 정치 얘기로 울분을 토하는 분도 있고, 뱅뱅사거리 방지턱을 고속으로 달려 여기는 놀이동산이라며 바이킹 태워주는 분도 계시죠. 요금 몇 백 원 올리려는 수작이 뻔한 분들도 있는데 최악은 잠에 취한 저를 매우 늦게까지 술에 취한 여자로 오해해 제가 눈을 붙인 틈을 타 직진만 하면 되는 곳에서 기사님이 우회전을 하시더라고요. 오른쪽으로 몸이 쏠리며 눈을 뜬 제가 "어디로 가시나요?" 했더니 당황한 김에 길까지 잘못 들어 처음으로 지각이란 걸 했죠. 수업 시간이 시작돼 뛰어야만 해서 화낼 시간도 없었네요. 반면 매너 있게 인사라도 한마디 정성이신 분, 절 몇 번 태웠었는지 알아서 목적지까지 가주는 인공지능이셨던 분. 조금 무섭긴 했지만 먹을 거 챙겨주는 정이 넘치던 분, 최상의 서비스로 대한항공 일등석을 느끼게 해주는 분 등 베스트 드라이버도 많았고요.

사람은 같은 곳에서 같은 일을 해도 참 다양한 모습으로 삽니다. 만났던 그들 모두는 택시 기사였지만 저는 그들이 승객을 대하는 모습에서 인생을 대하는 모습을 짐작할 수 있었어요. 불특정 다수를 접하는 직업일수록 스트레스가 더 많은 건 사실일 겁니다. 그렇다고 그럴 수밖에 없다 변명한다면 제가 겪었던 친절로 무장한 택시 기사님들은 수호천사가 둔갑한 모습이었을까요? 열반에 오른 분들이었을까요?

같은 값이면 좋은 사람으로 사는 편을 택하겠단 교훈을 얻었으니 택시를 탔던 건 정말 신의 한 수였네요.

Beautiful Stranger

낯선 곳에 가면 누구나 부지불식간 생겨난 조급함에 이미 만들어진 세상에 하루라도 빨리 끼어들기를 원하게 됩니다. 간섭받기 싫어하는 사람들조차 낯선 세상 사람들의 한결같은 외면은 담담해하기 힘든 경험이기 때문이죠. 간사한 것은 우리의 세상에 낯선 누군가가 들어오면 마치 침범당한 일처럼 그들의 조바심을 모른 척하고, 거리를 두고, 다수의 잔잔한 횡포가 주는 울타리의 안정감을 즐기게 되는지도 몰라요. 낯선 것은 호기심보다 경계를 먼저 불러오기 때문이죠.

저는 보통의 사람들보다 곱절 이상의 이방인을 겪는 사람입니다. 매달 개강일이 되면 움큼 채운 경계의 눈빛들이 제 한 몸으로 쏟아져요. 오랜 시간 겪은 터라 여유로 분장한 웃음이 자연스러울 법도 한데 가끔씩 집에 돌아와 몸살을 앓을 때가 있는 것을 보면 이방인이 결코 서로에게 쉬운 경험은 아닙니다.

다행히 저의 이방인들은 언제든 빗장을 풀 태세로 다가오는지라 설렘마저 주는 존재들이기도 해요. 더없이 마음이 교차하여 날 한껏 들뜨게도 하고 서로에게 의미를 부여한 '존재'가 되기도 하지요. 가끔씩 예상치 못하게 터지는 수강생의 웃음이 좋아 자기 전 들떠버려 함께 있는 듯 웃는 날도 있습니다.

낯섦이 주는 경직된 얼굴과 몰랐던 시간이 주는 움츠림이 어쩌면 인연을 시작하는 모양새일 겁니다. 쑥스러운 침묵 중 울리는 한마디가 이방인을 아는 사람으로 만들어주는 것이죠. 사는 동안 자주 이방인일 텐데 아름다운 이방인이라면 서로 수월하지 않을까요?

미용실에서

저는 미용실 가는 걸 좋아하지 않아요. 거시적이고 종합적으로 살펴볼 주제까지는 아니니까 단적으로 말하겠습니다.

우선 거울이 싫어요. 개인적으로 무표정일 때 예쁜 사람이 정말 예쁜 사람이라고 생각하는데 안타깝게도 제가 무표정일 때 찍힌 사진들을 보면 화난 사람 같아 보이거든요. 왜일까? 그렇다고 웃을 때 예쁜 것이냐 하면 그건 확인시켜줄 의무가 없으니 얼버무리겠습니다.

하여간 무의식적으로라도 표정 관리를 하게 되는 카메라 앞이나 우리 집 거울 앞에서는 적당히 봐줄 만한 방향으로 왜곡되는 데 반해 미용실 거울은 오직 그토록 적나라하게 실물만 보여주니 참으로 완벽하게 싫어요. 미용실에 앉아 내내 웃고 있을 수도 없는 노릇인데 왜 내가 거기에 앉아 본연의 실체를 확인해야 하냐고요. 이것은 고문입니다.

더욱이 안 친한 사람과 장시간 대화하는 것을 힘들어해요. 배우들 인터뷰 중에 "전 원래 내성적인데 카메라 앞에만 서면 다른 사람으로 돌변해요." 이 말 따라 하는 거 진짜 아닌데, 저도 강의만 시작되면 사람이 바뀌는 거지 원래 혼자 있을 적에는 내성적이고 차분하고 여성스러우며 코도 파는 평범한 사람입니다. 독자적 낯가림 때문에 친하지도 않은 미용사와 관심사도 아닌 이야기를 하는 것이 의무전처럼 느껴져 달가울 수가 없습니다.

경제적인 휘청거림도 큰 이유지요. 없지 않아 주변인들과 구색을 맞춘다는 핑계로 유명하다는 미용실에서 필히 원장에게만 시술을 받으니까 가격이 사악해도 너무 사악한 거예요. 이 가격이면 돈 좀 보태서 3박 4일 제주도를 다녀와도 될 것 같은데 못생기게 앉아 재미도 없는 수다를 떠는 대가치곤 과하다는 생각입니다.

참신하게 머리를 굴린 뒤 알뜰하게 살아보잔 생각에 최근 이벤트로 더욱 저렴해졌다는 동네 미용실을 찾았습니다. 사뭇 좁아터진 미용실로 원장님 혼자 다 해 먹는 시스템이었는데 손길은 거칠었고, 고개를 돌려 텔레비전을 보면서도 손으로는 내 머리를 말아 올렸으며, 팔십 넘으신 단골 할머니가 옆자리에서 니캉내캉 동급 최강이란 표정으로 앉아 계셨어요.

저의 머리는 중단발 길이에 특색 있는 펌을 하려던 것도 아니었기 때문에 의외로 운 좋으면 결과물이 좋을 수도 있다는 희망을 품고 이벤트 가격에 의의를 두고 있었습니다. 살면서 받아본 이벤트도 별로 없는데 지친 나에게 다시없을 이벤트가(價)라고 생각했죠. 못내 긴장되는 마음은 어쩔 수가 없는 것인지 살포시 기도가 터져 나왔어요. 도로 아미타불 내머리보살~. 야심 차게 원장님 손에서 한 롤 한 롤 풀려갈 때마다 저의 동공도 풀려갔어요. 옆자리 할머니는 진심으로 저를 부러워하셨고 원장님은 뿌듯해하시며 말씀하셨습니다.

"이렇게 해야 오래가고 좋아~."

오기도 부릴 곳에 부렸어야 했는데 여자의 직감으로 염색을 하면 이 펌이 풀리지 않을까, 덜 오래가지 않을까 하는 확신이 들었어요. 컬이 캄 다운 되게 쨍한 느낌의 시커먼 색으로 요청했습니다. 신입 손님이 자신의 실력을 신뢰한다 느끼셨는지 이번엔 집중하며 정성스럽게 흑칠을 해주셨어요.

결과는 똑같이 빠글거리는 새까만 머리였습니다. 잠시 머리를 짧게 잘라달랄까 생각도 해봤지만 그렇게 원장님을 그랜드슬램 달성시켜줄 수는 없었죠. 우울하다고 지금 이대로 재즈 바에 가면 손님 아니고 재즈 가수 되는 상황이었거든요. 원장님은 탄복하며 말씀하셨습니다.

"예쁘네. 이 머리 다른 사람이 했어봐. 감자 캐러 가야 해~."

호펌호염. 펌을 펌이라 하지 못하고 염색을 염색이라 하지 못하니 어찌 미용실 가는 걸 좋아하오리까!

사람은 잘하는 걸 하고 살아야 합니다.

내심 안타까운 부류가 못하는 일을 아주 열심히 하는 사람들인데 성실을 하대해서가 아니라 누구든 못하는 일 앞에서는 성과나 소득이 변변치 못해 인정받기도 어렵지만, 자괴감이 금방 들러붙어 쾌속으로 실패를 경험하기 때문이지요. 실패가 순산해 성공의 마미가 되려면 못하는 일부터 구분 짓고 볼 일입니다. 본인은 별다른 재능이 없다며 반발심이 생긴다면 언니가 인류를 구원하라는 것도 아니요, 블랙홀을 증명하라는 것도 아니니까 좌우지간 따질 시간에 뭐라도 잘하는 일 한 가지를 찾으라고 권할게요.

지인의 딸을 과외할 때 너 혹시 내 친딸이니? 싶을 정도로 속이 뒤집힌 경험이 있어요. 아는 사람과 연루되니 압박에 휩싸였고 내심 잘해주고도 싶었지요. 희망적인 건 이 아이의 등수가 전교생 숫자와 일치하여 나 같은 훌륭한 선생이 마음만 고쳐먹으면 너 같은 죄인을 살릴 수도 있을 것 같았습니다.

지저스 크라이스트! 백분위를 설명하다가 백골이 진토 되는 줄 알았어요. 전형적인 수포자로 수학 문제집 표지만 봐도 거부 반응이 상당한 아이였는데 동물 다리 100개의 30퍼센트는 몇 개일까요? 라는 동화책 같은 문제에도 경기를 일으키는 겁니다. 자포자기 심정으로,

"자~ 네가 나이키 매장에 갔어."

나이키라는 말에 커다란 눈망울이 반짝였어요. 상승 기류를 탔다 싶어,

"거기에 만 원짜리 티셔츠가 있는 거야."

"에이~ 그렇게 싼 게 어디 있어요."

똥멍충아, 예를 드는 거잖아… 라고 속으로 삭이며,

"있다 치자는 거지. 그게 무려 30% 세일을 한다지 뭐니. 얼마일까?"

"7천 원이요."

기적이었습니다. 피타고라스가 신박한 정리를 할 때마다 이런 기분이었겠구나 싶었어요.

"그렇지, 넌 이미 백분율을 알고 있었네. 정말 대단해. 자 그럼 이걸 소 다리로 바꿔서 생각해보자. 저기 들판에 소 다리가 만 개가 있어. 자 그중에 30%가 도망을 갔네. 어머나 이런~ 이제 다리는 몇 개가 남았을까?"

아이는 사색이 되어 우물거렸어요.

"몰라요."

햐으~~~~ 그래, 소 다리를 무려 만 개씩이나 있다고 말한 내 잘못입니다. 내가 소 다리 다 안고 갑니다!

과외비 돌려드리고 싶은 마음이 마동석 팔뚝 같았지만 어금니 꽉 깨문 시간이 길어 치과 보험부터 들 판이었죠.

수학은 잃었지만 수확은 있었어요. 못하는 걸 확실히 알고 사는 것도 오복 중에 하나인 거예요. 앞으로 과외 받지 말고 그 돈 모아 나이키 매장 하나 차리면 되는 겁니다.

지난해 겨울 집 앞에 호떡 포장마차가 등장했습니다. 갓 노년이 되신 듯한 할머니께서 삭막한 표정으로 호떡을 팔고 계셨어요. 부은 건지 쏟은 건지 흥건한 기름이 처음엔 비결인가 싶었습니다. 신중한 손놀림으로 반죽을 왕창 뜯더니 많다 싶은지 반쯤 되돌려 반죽에 뭉갰다가 적다 싶은지 주섬주섬 다시 떼어 오시더군요. 고난도 기술인 반죽에 설탕소 넣기를 할 땐 흘리는 설탕이 반인데 야무지지 못한 반죽 틈으로 그나마도 줄줄 빠져나왔어요. 호떡 하나 만들 때마다 부록으로 달고나까지. 정작 손끝에 기름칠은 엉성해 반죽이 액체 괴물처럼 늘어지면서 팬으로 낙하를 하니까 주문한 사람들 똥줄이 타들어가기 시작했죠. 그 작은 호떡 뒤집기를 실패해 절반으로 포개진 걸 살려내지 못해 순순히 실패를 인정한 할머니는 초심으로 돌아가 반죽 과정을 반복하셨습니다.

한 달을 못 채우고 포장마차는 사라졌고 허전할 틈도 없이 며칠 사이로 붕어빵 포장마차가 나타났죠. 업종은 변경되었는데 할머니는 그대로더군요. 그나마 손에 반죽 붙을 일은 없으니 잘 바꾸셨다 싶었어요. 제법 손님들이 모이는 모습을 보고 안심이 되어 찾은 포장마차 안에서는 나무늘보 할머니가 붕어빵 기계를 뒤이이이~지이이이입고오오오~ 계으어슈어어쓰어어으요오오.

크림 붕어빵을 달라 하니 이제 만들어야 한다며 팥으로 가져가라더군요. 마지막 줄엔 탄 붕어빵 세 마리가 아메리카노 맛이 날 것처럼 나란히 놓여 있었는데 그 희귀종들을 제 봉투에 담아주시더라고요. 다섯 개에 이천 원이던 붕어빵은 다음 날로 세 개에 이천 원이 되었고 분노한 민심에 붕어빵마저 한 달을 못 채우고 사라졌습니다.

누누이 말하지만 잘하는 일 하라고, 못하는 일 아무리 열심히 해봐야 붕어빵도 속 타는 것 좀 보라고요.

서운하게 들리겠지만 콕 집어 솔직하게 말해줄게요.

좋아서 하는 일이라고 명랑하게 시작하기 전에 일단 잘하는지 확인부터 하라고 꼭 알려주고 싶어요. 나이 드니까 했던 말 자꾸 또 하고 싶고 그러네요. 내가 뭐랬어요?

잘하는 일을 열심히 하라고요.

기만

　20대 초반 우연히 인간극장 피디를 만났을 때 그가 해준 잊을 수 없던 말이 "기만은 기만으로 남은 뒤에도 상처를 남긴다."였습니다. 기만은 누군가를 속인다는 것인데 의도적으로 곤경에 빠뜨리려는 의미 비중이 더 크지요.

　갑이 을을 기만하려고 작정하고 을에게 교묘한 죄를 뒤집어 씌웠다 가정해보자고요. 사실 여부보다 사람들은 벌어진 판에 흥미롭게 몰두하게 될 것입니다. 퍼진 말들은 살이 붙어 튼실하게 와전될 것이고 아예 죄목 자체가 바뀔지도 모를 일이죠. 가십은 그 특성상 기정사실로 되는 시간이 매우 짧아 억울하겠지만 을은 그것이 갑의 기만이었고 자신은 무죄임을 정말 완전무결한데도 성실하게 입증해야 할 것입니다. 뒤늦게 갑이 사실을 바로잡는다고 해도 호사가들은 뒷짐 지고 또 다른 막장을 기대하며 끝도 없이 의심을 품어 영원히 을을 용의선상에 갇히도록 만들 거예요. 이것이 기만이 기만으로 남은 뒤에도 상처를 남기는 방식입니다.

씹고 뜯고 맛보고 즐기는 입방아에 최대한 늦게 편승하는 습관은 여기에서 생겼습니다. 무죄 추정의 원칙에 따라 실재할 기만들을 가려내고 상처를 남기지 않기 위해 저는 늘 단정 짓기에 주춤하고 봅니다.

의느님

    이십 대 후반 눈 밑 1cm 아래 피지가 뭉쳤나 싶은 작은 알갱이가 생겼어요. 사진만 찍으면 두드러져 꽤 거슬렸는데 결혼, 출산 등 다채로운 일정들에 밀려 유야무야 30대 후반이 될 때까지 갖고 살았죠.

    여유가 생기자 지방은 못 빼도 네까짓 지방종은 빼겠단 결심으로 유명하다는 병원 검색에 들어갔어요. 그리 멀지 않은 곳에 전국구 환자들이 몰린다는 유명한 병원이 있더라고요. 병원 홈페이지뿐 아니라 블로그며 카페며 추천들이 난무하니 또 마음이가 심술을 부립니다. 댓글 알바 부대 같고, 사기 냄새가 진동하는 거죠. 허나 딱히 대안도 없어 일단 상담이나 받아보자 예약을 잡고 드디어 신의 손이라는 원장님을 만나러 진료실에 들어섰지요.

　　중국 고위 간부의 북경대 다니는 외동아들처럼 맨질맨질하게 생긴 의사는 능청 떠는 입가엔 지성미가 스쳤고 작은 눈망울에선 카리스마가 풍겼어요. 어투가 좀 독특해요. 초면인 환자한테 어중간한 반말로 친한 척을 하니까 삼촌이라고 부르고 싶지요. 적당히 촐싹대는 어휘 선택에 반복되는 진료가 지루했다는 듯 색다른 이야깃감을 투척하니 혹 제거하러 갔다가 혹 붙이는 기분이 들기 시작해요. 점심시간 전 마지막 환자라며 날 붙들고 수다 떠는 이 아저씨 매력적이었죠. 누가 봐도 성공한 돌팔이.

　　대기실로 돌아와 촬영한 검사 결과를 기다리는 동안 직원 하나가 병원 전 직원들이 제주도로 휴가를 떠날 건데 원장님이 쐈다며 자랑하더군요. 옳거니! 넘치는 후기의 작성자들이 직원들이 다 싫었습니다.

　　결과를 들으러 다시 진료실에 들어갔을 땐 젊은 의사가 결과지를 들고 나타나 원장에게 지방종이 아닌 혜만지오마 (Hemangioma) 같다고 전하더군요. 둘의 표정이 굳기 시작하니 덜컥 종양인가 싶어 혜만지오마가 뭐냐 물었더니 그 작은 눈이 돋보기처럼 커지면서 "누구세요? 전공이 뭐예요? 어떻게 혜만지오마를 알아요?"라고 따지는 겁니다.

What?

내가 사람임을 증명하는 것보다 더 당황스럽더군요. 지금 저 젊은이가 헤만지오마라고 너님께 나불거리는 걸 나의 두 귓구멍이 듣고 난 후 모르니까 물어보는 거잖아요. 야메떼요~.

그제야 안심한 원장은 헤만지오마는 혈관종으로 지방종보다 제거가 까다로우며 특히 얼굴에 있는 혈관종은 아무리 최선을 다해도 흉터가 남는 법이라 니가 컴플레인할 것처럼 까다롭게 생겼으니 다른 병원을 가보는 게 어떻겠냐고, 병원도 쇼핑하는 시대라며 설득하대요. 하하하하하~ 솔직히 힘들기만 하지 돈 더 받는 수술도 아니라면서요.

근데 청개구리는 참 한결같지요. 속으로 돌팔이라고 계속 욕했는데 참신하게 나오니까 갑자기 신뢰가 가기 시작했어요. 그뿐인가요? 매달렸죠. 다 알아보고 유명하대서 왔는데 쇼핑할 시간이 어디 있냐고 정신 사나우니 잠자코 김태희 살려내라 했죠.

돌아이끼린 통하는 건지 해주겠대요. 해주는데 진짜 고마워해야 한다고, 보통 의사들은 엄두도 못 내는 거라면서 역대급 생색을 내는데 나는 왜 또 그게 고맙고 난리죠?

"혹시 수술하다 죽을 수도 있어요?"

물었더니 막 웃으면서 죽지는 않는다길래 수술 날짜를 잡고 왔습니다.

수술 당일 쪼매난 돌기 하나 제거하기를 야구장 같은 조명 아래 거창한 수술대에 누워 의사를 기다리고 있는데 수술실에 들어온 의사는 놀랍게도 세 달 전 저를 기억하는 눈치더군요. 노래를 흥얼거리며 난잡한 분위기를 조성하며 간호사들과 노닥거리니 아차 싶은데 이미 마취크림에 취한 상태.

슬며시 저에게 뭐 하는 분이냐고 묻더군요. 주부라고 대답하니 "그럼 주부 전에는 뭐 했는데?" 집요하게 묻더라고요. 헤만지오마 때문에 오해를 하는 듯해서 영어 선생님이었다고 대답해줬어요. 그때부터 이 돌팔이는 영어로 말하기 시작했습니다.

"I'm gonna start the operation. It could be a little bit painful. Don't be surprised….."

뒤이어 중국어와 일본어로도 주절거리는데 개멋있어서 마취가 풀리는 줄 알았지 뭐예요. 외국어 좀 한다고 대단해 보인 게 아니라 주변에 난다 긴다 하는 사람들을 한둘 봐온 게 아닌데, 저렇게 치떨리게 꽉 찬 스케줄 중에도 치열하게 노력하는 모습이라니, 전율 아니라 전기가 흐르는 것 같더라고요.

수술이 시작되자 헐렁해 보이던 모습은 온데간데없고 이조판서 느낌으로 간호사들 긴장감 늦추다 실수라도 할까 살벌하게 잡기 시작하는데 너무 놀란 전 숨을 참고 있더라고요.

엄숙한 분위기 속에 수술은 끝이 났고 이조판서는 수술 부위를 지그시 누르며 느닷없이 김첨지 같은 다정한 목소리로 "나 진짜 최고로 작게 쨌어. 그래도 흉터 생기면 우리 병원에 좋은 기계 많으니까 아무 때나 와서 무료로 치료받아~." 이래요. 수술 중에 몰아붙인 간호사들에게도 농담과 덕담으로 달래주는 걸 잊지 않더라고요.

원장이 밖으로 나가자 후배 의사가 들어와 각종 유의 사항을 말해주는데 직감적으로 원장을 롤 모델로 삼고 있구나 느껴지더라고요. 수술이 즐거울 수 있다니 조커만 안 만들어놓았으면 따질 마음도 없었죠. 게다가 거짓말처럼 흉터가 하나도 안 남았어요. 고가의 장비를 무료로 사용해볼 기회도 없이.

똑똑함을 지루하지 않게 사용하는 능력과 주변 반경을 샅샅이 챙기는 배려, 넘쳐나는 환자마다 집중하는 세심함 등 본 적 없는 일인자였습니다.

위로부터 인정받고, 아래에서 존경받고, 주변에선 사랑받으니 이게 흉내낸다고 될 일은 아니지만 카피캣이라도 되고 싶지요. 초반에 의심해서 민망하지만 역시는 역시더군요.

우리 역사에는 못 남아도 역시는 돼보자고요.

STORY

6

Careerhood

Good job

실패 가이드

부끄러워해라.

최대한 자신을 낮추고 부끄러워하면서 말 한마디 하지 마십시오. 불가피한 경우 들릴 듯 말 듯 작게 말해야 합니다. 간혹 리듬감을 살려 크게 말하는 분들이 있는데 그랬다간 자신감이 생겨나 자칫 영어에 대한 흥미가 생겨나고 영어가 재미있어질 가능성이 있습니다.

게을러져라.

모든 학습이란 게 꾸준히 해주면 아무래도 탄력이 생겨서 실력이 늘 수밖에 없습니다. 학원을 다닌다면 최대한 안 가도록 힘

쓰시고, 때에 따라 혼자 공부해야겠다는 생각이 들어도 꾹 참고 하지 마십시오. 행여나 복습을 하겠단 생각은 절대 금물인 거 아시죠?

우유부단하라.

가끔 선생님에게 자신의 학습 방법이나 진로에 대해 질문하는 학생이 있는데 그러다가 자신에게 맞는 학습 방법을 찾기라도 하면 큰일입니다. 질문을 하고 싶을 때는 엉뚱하고 전혀 상관없는 것만 찾아 하시고 결단력 있게 자신의 진로를 선택하시면 안 되며 줏대 없이 남들 말에 따라 이리저리 방황하는 것이 우선되어야 합니다.

복잡하게 생각하라.

특히 어학에서 말하고 듣는 것이 중요하다고 생각하여 노력하시면 해외 출장이나 외국 여행 시 나도 모르게 영어가 튀어나오는 당혹스러운 경험을 할 수 있습니다. 최대한 따질 수 있는 데까지 영어 문법을 따져서 복잡하게 생각해야 입도 잘 안 떨어지고 귀도 잘 안 뚫릴 수 있습니다. 문법이 먼저다! 명심하세요.

선생님 말을 귓등으로 들어라.

선생님이 하는 말 귀담아들었다가 성공하는 사람 여럿 봤습니다. 선생님 말은 그냥 한 귀로 듣고 한 귀로 흘려버리셔야 합니다. 쿨하게~.

자! 여러분도 이제 확실히 실패할 수 있습니다!!

예언자가 되었다

롱 롱 어고~ 십 년쯤 어고~.

문득 소녀 감성이 돋아나던 그때 코트 하나를 구입했어요. 목에는 풍성한 여우털이 달리고 허리 아래부터 캉캉스커트처럼 퍼지는 디자인의 더블 버튼 진그레이 코트!

이 코트를 입고 출근한 날, 모든 여자 사람들이 코트에 반해 한마디씩 칭찬을 날리다 급기야 별명 하나를 얻었죠. 누군가 "소공녀 같다~"라고 말한 뒤 사람들은 저를 소공녀라고 부르기 시작했어요.

이런 예쁜 별명은 처음이야, 기뻤어요. 전 이 별명 지키고 싶었거든요. 이틀에 한 번은 소공녀 코트를 입고 출근해서 내가 소공녀임을 주입식 교육했죠.

그러던 어느 날, 직장에 짐 옮기기, 복사하기 등등 도와주는 아르바이트생이 있었는데 딱 봐도 똑똑해 보이길래, 지나가는 말로 사람들한테 "쟤는 무슨 공사 다니게 생겼는데 여기서 알바를 하네?"라고 했거든요. 며칠 뒤 그 알바생이 마지막 날이라며 사람들한테 작별 인사를 하는데 공사 합격했다고.

소오~름! 전율!
사람들이 어떻게 알았냐며 대답도 듣지 않고 다들 용하다고 칭찬에 칭찬을 하더군요. 아주 성공적인 굿판 분위기. 그러고선 다들 저를 소공선녀님이라 부르기 시작했어요.

억울해서 SNS에 나의 소공녀를 돌려달라, 그냥 찍었을 뿐이라고 썼더니, 친구들이 저한테 질문을 퍼붓기 시작하더군요.
"나 올해 결혼할 거 같니?"
—올해는 힘들고 내년에 결혼 운이 있네.
"아들인 거 같아? 딸인 거 같아?"
—아들이 보여.

"나도 나도~ 나 이번에 합격해?"

—합격이 느껴져. 축하해.

솔직히 한두 명 장난으로 묻고 끝날 줄 알았는데, 아무 대답 막 던지는데도 질문이 계속 달려요. 한동안 예언자가 되어 보이지도 않는 미래를 막 말해줬다지요. 그럼 또 얘네들이 좋대요. 고맙다고 인사까지 해요. 이제야 말이지만 바보들~.

중요한 건 나의 소공녀 코트!

더 이상 소공녀라고 불러주지 않자 그 후로 옷장에 처박혀 결혼과 이사하는 동안 끌고만 다니다 작년에야 다시 추억 돋으며 꺼내 입어봤거든요.

브라보~ 더블 버튼 바깥쪽 한 줄만 간신히 잠기길래 놀라서 거울을 보니 그 안에 대공녀가 뙇!!

헌옷 아저씨가 가져간 내 소공녀 코트 올겨울 누가 입을까 궁금해지네요.

잘했어요

선생님은 원래 영어를 그렇게 잘했어요?

각별히 많이 받는 질문입니다.

듣고 싶은 대답이 뭐예요? 그 대답해드릴게요.

모든 분야가 그렇듯 어학도 타고난 재능입니다. 만 3세가 되면 어학에 두각을 나타내는 아이들이 보이는데, 타이밍 맞게 손봐주면 영어뿐 아니라 다른 언어 습득도 빨라져 최소 3개 국어는 능숙한 아이가 되지요. 영어가 기본인 시대를 넘어 요즘엔 중국어도 잘해야 한다죠? 대학 등록금보다 비싼 영어 유치원이 왜 그렇게 인기겠어요? 만족도 내지 효과가 입증되었으니 그런 거겠죠. 내 아이가 어학에 재능이 없다 느끼시면 그럴수록 정보를 많이 듣고 투자하세요. 간혹 스트레스가 염려된다면 배움에 그 정도는 감수하셔야지요. 저 역시 해외에서 나고 자란 사람이 아니다 보니 부모님이 발 빠르게 여러 학습에 노출시켜주신 덕에 영어를 잘하게 된 것이니까요.

이런 대답을 원했을 리 없다고요? 아니요, 당신은 분명히 원했어요.

심리란 게 참 묘해요. 누군가 무엇을 잘하면 그 사람이 어떤 노력을 했는가보단 저건 타고났거나, 재력이 뒷받침된 결과라 믿고 싶어 해요. 해답을 운이나 돈에서 찾을 때 안정감이 두둑해지거든요. 돈만 있으면 해결되는 일이 되거나, 없는 돈을 탓하면 되는 일로 만들기를 원하죠. 돈이 아무리 편리해도 그것이 전지전능할 거란 착각은 노력 따윈 필요 없다고 유혹을 해대죠. 돈이 있으니까 노력 안 해도 될 것 같고, 돈이 없으니까 노력해봐야 소용없을 거 같고,

이 질문은 결국 나는 운(타고난 재능)이 없으니 단박에 돈으로 해결할 방법을 제시해달라는 의도를 가지고 있어서 제가 삐딱선을 타게 되는 겁니다.

가난하면 사랑과 전쟁이 시작되고, 부유하면 선생님이 알려준 오답을 활용하여 나 대신 내 아이를 돈으로 쥐어짜내죠. 이번 생은 글렀다는 철학으로 아이 생에 올인하겠단 포부인데, 아이가 힘들어할수록 엄마는 피상적으로 위로받고 안심합니다. 잠재적 불안감에 남들에게 추천도 하고요. 혹시 망할 때 같이 후회할 사람 한 명 정도는 필요하니까. 최악은 돈이 없을 땐 또 그것마저 부럽지요.

원점 복귀해서 다시 질문에 솔직하게 대답해볼게요.

대한민국 그저 그런 동네에서 딱 떨어지게 3.3kg으로 태어나 방목 당한 아이가 접니다. 어릴 적 굴욕에 가까운 증거 사진 하나가 흙더미에서 손으로 흙을 퍼먹는 시늉을 하며 찍힌 사진이 있는데 흙수저란 말의 원조인가 싶지요.

부모님의 남다른 철학이 담긴 육아 방식은 아니었지만, 모로 가도 결과가 탁월했죠. 실컷 노니까 반사적으로 지식을 탐닉하려는 욕구가 생겼어요. 그 욕구는 생각을 자연스럽고 주도적으로 만들었죠. 혼자 깨닫는 순간을 재차 마련하게 되었고요. 영어를 잘하고 싶다, 이과생이 영어를 잘하면 더 있어 보이지, 영어가 바로 유창하면 그게 이상한 거지, 강단과 자기 위로로 일단 피 터지게 하다 보니 칭찬과 의욕이 무한대로 반복돼 지금처럼 영어를 잘하게 된 것입니다.

그럼 또 예전에나 통하던 얘기라며 반박이 출렁대지요. 제가 원시시대에 태어난 사람도 아니고, 동시대 생존자들 중에 그나마 영어 좀 한다 싶어서 질문하신 거잖아요? 물어봐서 대답해주면 기를 쓰고 안 믿어주는 그대는 얄미운 사람. 청동기시대 때도 어학은 존재했고, 지적 호기심은 구석기 이전에도 있었을 인류의 진리이자 논리라고요.

지적 호기심은 본능입니다. 흙바닥에선 흙만 건지는 게 아니라 새로 배달된 학습지를 향한 호기심도 건질 수 있지요. 종이 위에 활자가 궁금해지기 위해선 실컷 노는 충분한 시간이 있어야 해요. 오늘부터 한 장씩 풀면 뭘 해주겠단 약속이 아니라.

요즘 아이들 곁눈질만으로 따로 배운 적 없는 스마트폰에 능숙하죠. 새로운 것은 호기심과 재미를 부르고 터득하고 싶다는 절묘함을 경험케 합니다. 이 교재를 사용했고, 저 학습법을 추천하고, 시기마다 필수인 것들 말해봐야 얄팍한 모방 내지는 네버엔딩 질문만 남습니다. 확실한 방법 하나! 기다려주세요.

자아가 지적 탐구욕을 자연발생적으로 깨닫는 쾌감은 30년 치 사교육과 맞먹습니다. 무엇일까? 알고 싶은데? 해보고 싶다, 이런 발상들이 있기까지 모든 불안감에 맞서 소신껏 부모가 기다려줄 수만 있다면 그 아이는 자기 주도 학습이 문제가 아니라 나중에 "나는 왜 사는가?"까지 대답할지도 몰라요.

　　조기교육, 사교육이 좋다 나쁘다가 아니고, 사는 동안 지적 호기심의 쾌락을 느껴보기도 전에, 영문도 모른 채 부모의 가이드라인에 맞춰 노란 승합차부터 타니 응당 누려봄직한 그 앎의 짜릿함을 겪을 수 없는 것이죠. 기회의 박탈이라고 봅니다. 영문도 모르니, 그렇게 오래 학원을 보냈는데 영어가 안 되죠. 영문을 알 때까지 기다려주세요. 영어뿐 아니라 시간은 사람에게서 해답을 찾아줍니다.

　　결론, 선생님은 원래 그렇게 영어를 잘했어요?
　　아니요. 그럴 리가요.

일단

일장일단이라는 말은 정확하게 한쪽은 길고 다른 한 쪽은 짧다는 말입니다. 주어진 총량에서 긴 쪽을 택했다면 남은 쪽은 분명 짧을 수밖에 없듯이 세상만사에는 불가피하게 짧은 쪽이 있기 마련이란 뜻이지요.

영어 잘해서 좋겠다는 말을 귀 따갑게 듣는 입장이지만 그로인한 적잖은 고충들로 그렇게 좋지만은 않다고 손사래도 많이 쳤었죠. 어학에 유독 재능이 있었거나 혹은 선천적 환경이 주어진케이스도 아닌 까닭에 말 그대로 살아남자는 필요에 의해 하고또 했을 뿐 어학은 쉽게 정복할 대상이 아니었거든요. 대단한 학문도 아닌데 늘 그 앞에선 겸손해질 수밖에 없더라고요.

하다못해 미국에서 실수로 신호 위반을 한 적이 있는데 사거리 정차되어 있던 모든 차들이 짠 것처럼 동시에 창문을 내리고 "F**k you~"를 외치며 중지를 내뻗었을 때도 기분이 나쁘기는커녕, 영화 같은 샤우팅에 신기하기만 했었죠.

그만큼 언어라는 것은 하루 이틀에 체화되는 게 아니고, 정서나 문화, 그 이상의 표현 안 되는 세월이 있어야 정도껏 완성이 되는 것인데 그 어려운 걸 후천적으로 해낸 사람을 본다면 잘하기까지 시간과 노력을 깎고 도려내고 쪼개며 살았겠구나 짐작 좀 해줬으면 좋겠다는 말입니다.

장황한 서두는 날로 먹으려던 수작들을 향한 밑밥이지요.

후천적이거나 선천적이거나 하여간 누군가의 능력치를 거저먹으려는 사람들은 널렸습니다. 오랜 시간 영어 강사로 일해온 전 영어 스피치, 영문 리포트, 영문 이력서, 영어 인터뷰, 논문 번역 등 다양한 것들을 들고 다각도로 나의 능력치를 이용해 먹으려는 약탈자들에게 시달렸었죠.

보통 안 친할수록 부탁을 해 오는데 상대의 시간과 노력을 날로 먹는 민망함에 본능적으로 한 번 보고 말 사람을 선택하는 것입니다. 계속 보고 지낼 지인일수록 대가를 지불하고 전문 인력을 택하지, 부탁은 좀처럼 없을뿐더러 하더라도 매우 정중하고 조심스럽게 의향을 묻고 한사코 대가마저 치르죠.

강의 사이사이 쉬는 시간은 각종 "Help~"가 난무하는 시간입니다.

"선생님, 이번에 환경을 주제로 영어 스피치 대회가 있는데 선생님이 좀 써주시면 안 돼요?"

안 돼요. 부탁을 할 땐 최소 본인이 쓰는 데까지 써보고 틀린 부분이 있나 퇴고 정도 부탁하는 게 예의라고 말하자 "안 해주실 줄 알았어요." 쌩하니 등을 돌리죠.

"선생님, 그 영화 보셨어요? 교수님이 영어로 후기를 써 오라는데 선생님은 영어 잘하시니까 금방 쓰실 수 있잖아요. 좀 해주시면 안 돼요?"

안 돼요. 니 숙제를 대신해주면서 내 아까운 주말을 낭비할 수는 없어요. 니 숙제는 니가 하세요.

"전 정말 어떻게 해야 할지 모르겠어요. 진짜 좀 해주시면 안 돼요?"

두 번 말하면 입 아파요. 니 사정이에요. 냉혈한을 봤다는 듯 그날부터 시선도 주지 않지요.

한번은 간호사 수강생이,

"선생님, 지금 영어로 논문을 완성해야 하는데 이 문장을 어떻게 표현해야 할지 정말 몰라 그러는데, 다른 부분들은 제가 했으니까 빨간 줄 친 부분들만 좀 봐주실 수 없을까요?"

들어본 중 가장 합당한 부탁이다 싶어 기꺼이 해주마 집에 들고 온 논문은 다음 페이지부터 빨간 줄이 안 쳐진 곳이 없을 지경이었습니다. 해주겠다 했으니 해주면서도 중간중간 비속어를 섞어 쓸까 한참을 고민할 정도였죠. 모르는 의학 용어와 이해 안 되는 원리들과 사투를 벌여 완성한 논문 번역본을 간호사에게 건네자 한다는 말이 "어머, 우리 선생님, 진짜 어디 좋은 의사 있으면 소개라도 시켜주고 싶네."라는 헛소리로 의사에 환장한 노처녀를 만들며 통치더군요. 비속어를 써야 마땅했습니다.

"선생님, 저 이번 주 면접 보는데 영어 인터뷰도 포함되어 있거든요. 예상 질문 좀 뽑아서 답변 좀 써주시면 안 돼요?"

왜 자꾸만 안 되는 걸 해달라고 그래요. 니 인생 걸고 나한테 부탁했다가 그 면접 떨어지면 선생님이 뽑아주신 예상 질문에서 하나도 안 나왔다고 원망할 거잖아요. 딱 봐도 손해 보는 장사인데 내가 그걸 왜 해줘요. 욕을 먹어도 안 해주고 지금 먹을게요. 역시나 말만 안 했지 욕을 날리는 눈빛으로 사라진 뒤 다음 날 수업부터 코빼기 귀빼기도 보이질 않습니다. 누굴 빼먹으려 들어?

당당하게 Help를 외치는 일은 물에 빠졌을 때나 할 일이지 응당 본인이 할 일들에 Help를 외치니 그 누가 Helper가 되고 싶겠습니까. 내가 니 시다바리가? 마음을 동하려면 되도록 하는 데까지 열심히 한 흔적이라도 만들어서 정말 이 부분만큼은 모르겠어서 그러는데 당신의 전문성에 은혜 받아도 되겠냐는 매너를 장착하고 들이대야 하는 거예요. HELP가 아니라 Could you do me a FAVOR? 나에게 호의를 베풀어주실 수 있으시냐 물어야 favor를 favorite할 수 있게 된다는 말입니다.

You understand?

일장

일이라는 게 혹은 상황이라는 게 전부 좋을 수만은 없고, 모조리 나쁠 수만도 없습니다. 양면이 있기 마련인데 영어를 잘하는 일 또한 일장일단이 있었고 생각해보면 일장이었던 부분은 진정 값졌습니다.

흔히들 언어의 장벽 없이 해외여행을 즐기고 싶다는 이유에서 영어 공부를 많이들 시작하는데 어느 정도 지지하는 바입니다. 사실 장기간 체류가 아닌 이상 여행 중에 현지인 붙잡고 영어로 수다 떨 시간은 택시 기사가 수다쟁이일 때 빼고는 거의 없기는 해요. 그나마도 비영어권이라면 관광산업에 특화된 인력들, 이를테면 항공업계 종사자나 호텔리어, 관광지 매표소 직원 등을 제외하곤 말 통하는 현지인은 더더욱 없을뿐더러, 영어권이라 해도 외식하러 나온 현지인 붙잡고 말할 수도 없는 노릇이니 상황은 마찬가지라 볼 수 있지요. 그럼에도 여행 중에 막연한 긴장감이 없다는 것은 특장점인데 특히 타국에서 예정에 없던 문제가 발생한 경우라면 그때 영어는 가장 효능을 입증해줄 겁니다.

남편과 단둘이 마카오로 여행을 간 건 세계적인 수중 서커스 공연을 관람하려는 게 목적이었습니다. 여행 마지막 날 VIP석에 앉아 물세례를 받으며 비싼 돈 내고 앞자리만 젖는 이 기분, 니들이 아냐며 관람은 끝이 났고 두 시간 뒤 뜨는 밤 비행기를 타러 귀국길에 올랐죠.

발권 줄에 서서 창구가 열리길 기다리고 있는데 저쪽에서 외국인 청소년 선수단으로 보이는 고등학생 한 무리가 요란스럽게 다가오더니 제가 서 있던 줄을 분해해 아수라장으로 만들었어요. 양국과의 관계를 고려해 사정없이 호통을 쳤습니다.

"너네 줄 선 거니? 어디로 선 거니? 설마 내가 서 있던 줄을 끊어내며 이따구로 선 거니?"

정색하며 교장 선생님 훈화 말씀을 늘어놓기 시작했어요. 재들이 떼로 덤비면 흔적도 없이 이승에서 사라질 걸 알지만 믿는 구석은 영어였지요. 은연중에 모든 민족에 사대주의가 존재하는 것인지 영어가 유창하면 짐짓 물러서서 경청을 하고 보거든요. 운동하는 애들이라 그런가 눈치코치는 더 빨랐어요. 자기들끼리 웅성거리며 줄을 서기 시작하더군요. 자랑스러운 한국인이 되는 순간이었습니다.

다시 제자리를 찾은 전 드디어 발권 창구가 열려 수속 직전에 있었는데 이번엔 다급하게 한국인 중년 여성 무리가 호들갑을 떨며 다가왔어요. 강력한 적수의 등장에 긴장한 내 눈에 한 아주머니의 눈물로 뒤범벅된 얼굴이 들어왔습니다. 사정을 들어보니 갑자기 아버지가 돌아가셔서 당장 귀국을 해야 하는데 밤늦은 시간이라 연락 닿는 곳이 없다는 것입니다.

자국민의 안위를 위해 못 할 일이 무엇이란 말인가! 앞에 있는 사람들에게 양해를 구하고 현지 항공사 직원에게 그분의 안타까운 상황을 전하며 빠른 비행 편으로 귀국을 도와달라 사정하니 직원은 손 빠르게 움직여줬고 결국 그분은 우리와 같은 비행기로 귀국할 수 있었죠. 살면서 가장 영어가 뿌듯한 날이었습니다.

그런 장한 일들에도 불구하고 얼마 뒤 날라 온 카드 명세서엔 엄청난 일이 벌어져 있었습니다.

홀딱 젖으며 감상했던 그 마카오 공연이 온라인으로 예약하는 과정에서 오류가 나 두 번 결제가 되었다는 거예요. 가격 비교를 한다고 창을 여러 개 열어놓은 게 문제가 되어 몇 십만 원을 날린 것이죠.

구제 방법은 없을 것 같았지만 간곡하게 마카오 해당 업체에 연락을 했습니다. 규정상 안 되는 것은 알지만 컴퓨터상 오류이니 관대한 마음으로 환불해달라고 교양 넘치게 떼를 써봤죠. 단칼에 거절하는 마카오! 나한테 너무 막하오!

머리로는 이해되면서도 속 쓰림은 나아지질 않아 이번엔 본사에 메일을 보냈습니다.

'여행을 즐기는 사람으로 해외 각국을 돌아다녔지만 그중 마카오를 최고로 꼽게 된 건 바로 최고의 공연이 있었기 때문이다. 돈을 잃는 안타까움이야 시간이 해결해주겠지만 이런 사소한 결점으로 인해 마카오와 공연에 대한 애정을 잃게 되는 건 견딜 수 없이 슬픈 일이다…. 블라 블라 나불라…. 나의 잘못으로 두 좌석이 공석이 된 것은 가슴 아픈 일이지만 환불해주신다면 마카오를 향한 사랑도 지킬 수 있을 뿐 아니라 가까운 미래에 또다시 이 최고의 공연을 보기 위해 이 나라를 방문하게 될 것이다.'

환불받기를 마카오 어디 뒷골목 담벼락에 복사해서 새길 만한 장문의 글을 써서 보냈더니 감동한 본사는 전액을 환불해줬답니다. 영어가 돈 된다 싶은 순간이었죠.

유일하게 겪었던 사기는 하필 미국인에게 당한 것이었는데 이때도 영어는 대활약했습니다. '악마는 프라다를 입는다'를 재미있게 본 저는 프라다 가방 하나를 갖고 싶었고, 웹서핑을 하던 나의 눈에 아울렛 물건을 저렴히 판다는 쇼핑몰이 걸려든 거죠. 진품 100%를 강조하는 이 페이지에서 반 가격이면 살 수 있다는 프라다 가방은 나만 아는 경로를 찾은 자의 혜택으로 보였어요.

한 치의 의심도 없이 국제 배송되어 날라 온 프라다 가방은 전문가가 아니어도 리어카 위의 가품보다 더 가품이었고, 판매자에게 연락했더니 여느 사기꾼처럼 배 째라 진품이라 우겨댔어요. 악마가 프라다를 판 거죠. 사기를 당했다는 자책은 미국인이라고 봐줄 수 없다는 대쪽 같은 분노로 변했고, '추적 60분'처럼 사기꾼 뒷조사에 들어가며 반격을 꾀했습니다. 공개된 정보들과 구글링을 통해 사는 지역과 사업장 위치 등을 좁혀 해당 지역의 경찰서에 연락을 했죠.

너네 동네에 이런 국제적 사기꾼이 살고 있는데 짝퉁을 판매하여 내 마음에 중범죄를 일으켜 무기징역도 모자라다 닦달했더니, 의외로 한 미국 경찰이 적극적으로 해결 의지를 보여줬습니다. 한정적 정보로 범인을 특정하기 쉽지는 않았지만 경찰은 배송 정보를 통해 우체국에서 또 다른 배송을 할 그를 덮칠 계획이 었죠.

비록 사기꾼 포획은 실패로 돌아갔지만 경찰 이름을 등에 업고 좋은 말 할 때 가방 값 환불해달라 쪼아댔더니 위기를 느꼈는지 순순히 카드 결제를 취소해주더라고요.

통관 과정에서 직접 지불한 관세까지는 환불받을 방법이 없어 교훈을 얻은 값으로 쳤지만, 무엇보다 미국 경찰과 손잡고 범인을 협박할 수 있었다는 CSI 서울의 경험은 영어가 제대로 영어 한 사건이었습니다.

접시에 놓여 있는 음식들 중에 맛있는 것을 먼저 먹을지 맛없는 것을 먼저 먹을지를 선택하는 것은 각자의 취향입니다. 순서만 다를 뿐 동일한 것을 먹었다는 사실엔 다름이 없죠. 일장일단이 그렇습니다.

하나를 얻고 하나를 잃지만, 그 안에 얻고 잃는 총량은 결국 매한가지인 것이죠. 우리는 일장일단과 일단일장 두 가지 중 무엇이 더 취향에 맞는지 잘 선택하기만 하면 되겠습니다.

가져본 것 중 가장 적성에 맞고 즐겼다 해도 과언이 아니던 직업은 성인반 영어 강사였습니다. 인맥의 폭도 실로 넓어졌고, 다양하게 주워듣는 풍월은 든든한 길잡이가 되기도 했으며 유독 선생님이라면 깍듯한 한국 특유의 정서 덕에 불특정 다수를 접함에도 스트레스는 거의 없었지요. 무엇보다 바쁜 일상을 비집고 피 같은 내 돈을 내면서까지 공부하러 오는 사람치고 막돼먹은 사람은 찾아보기 힘들어 사제지간을 떠나 좋은 인연들은 셀 수 없이 넘쳤습니다.

수강생들은 나의 박학다식과 자신만만함에 특히 경의를 표했는데, 성인들 앞에서 강의하는 일은 아이들 앞일 때와는 달리 철갑상어처럼 무장을 해도 부끄러운 과거사를 무한정 만들어냈지요. 식은땀, 뜨거운 땀 가릴 것 없이 수업 내내 바이브레이션은 왜 이리 잘 되냐며 R&B 가수가 꿈 된 적도 많았고, 철통같이 준비했다 생각한 수업에 실수를 발견했을 땐 내 습자지 지식이 창피해 잘근잘근 찢기는 기분도 들었습니다.

그런 추레한 발버둥을 하며 겉으로는 우아한 척 백조처럼 굴었던 건데 매달 1일이면 새로운 수강생들과 대면할 생각에 또다시 소심한 A컵은 푸닥거리기 일쑤였죠.

성인반 영어 강사들 대부분이 외국물 좀 마셔본 탓에 뻔뻔한 능청에는 약간 소질이 있다고 할 수 있었는데 어느 날 그 정점을 찍는 신입 강사가 들어왔어요. 미국 시민권자였던 그녀는 20대 아이돌 여가수 같은 외모에 그에 걸맞은 쇼킹한 패션을 선보였고 딱히 위아래를 의식하지 않는 초절정 젊은이 그 자체였죠.

그녀의 첫 강의 경험담은 강사실을 박장대소로 전복시켰습니다. 자신보다 한참 나이 많은 수강생들 앞에서 강의하던 첫날 떨리는 마음을 주체하지 못한 그녀의 윗입술이 바싹 타올라 메마르다 못해 그만 인중에 쩍하고 붙어버렸다는 거예요. 인체의 신비전을 몸소 실천하며 윗입술은 무려 30분간 인중에 들러붙은 채로 수강생들 애를 태웠고, 손으로 살짝 비비기만 했어도 금방 떨어졌을 그 간단한 원리조차 떠오르지 않아 만천하에 윗잇몸을 공개했다는 거죠. 강사실에 있는 모두에게 깊은 공감과 위로를 남긴 일화였습니다.

이러한 속편을 알 리 없는 수강생들은 선생님들을 짐짓 대범한 사람들로 칭해주기도 하고 같은 직장인의 처지라 헤아리는 것일까, 챙겨주는 마음은 후원에 가까워 얻어먹는 식음료만으로도 편의점을 차릴 수 있을 정도였죠. 결혼, 출산 등의 굵직한 이벤트엔 친인척 못지않은 축하도 많이 받는데 심지어 여행 간다는 선생님 주머니에 용돈을 찔러 넣어 그 유명한 넣어둬~ 넣어둬~ 상황을 만들기도 해 이런 과분한 사랑을 받을 수는 없다며 오버를 떨며 제 결혼식은 극비리에 진행할 정도였습니다.

만년 좋을 것 같은 이 일에도 몇몇 단점들은 있습니다.

그중 가장 두려운 건 공개 처형입니다. 처형은 달게 받을 수 있는데 정말 공개만큼은 당하고 싶지 않다는 게 더 적절한 심정이겠네요.

강의실에서 가끔 붉으락푸르락 거리는 동료들을 볼 때가 있는데 공개적으로 망신살이 뻗친 경우죠. 마커를 챙겨 오지 않았다고 기본자세가 안 된 거 아니냐며 공개 삿대질을 받았다거나, a 와 the 그게 뭐라고, 그 미묘한 차이를 두고 내내 설전을 벌이며 선생님의 실력을 공개 비난하는 경우 등이 대표적 예에 해당합니다. 사안의 경중을 떠나 대중 앞에서 창피를 당하는 일이 끔찍한 것이죠.

한번은 교포였던 남자 선생님이 근처 주니어 학원에서 급하게 대타가 필요해 일주일간 양쪽 학원에서 투 잡을 뛰어야 하던 때가 있었는데, 아이들 상대로 처음 강의를 마치고 온 그 선생님이 남은 4일을 어찌 가냐며 한탄을 하는 겁니다. 영어로만 수업해야 하는 특성상 한국말을 전혀 못하는 것처럼 수업을 진행하자 안심한 초등학생들이 자기들끼리 저 선생님은 외국인인가 보다며 (품위에 어긋나지만 아이들 말을 그대로 옮길게요) "근데 존나 못생기지 않았냐?"라고 서슴없이 솔직했다는 거예요. 강사실이 뒤집히듯 들썩이면서도 어디에서도 위로 한마디가 나오지 않았던 건 아이들의 보는 눈이 좋나 정확했기 때문이겠죠? 그런 솔직함은 아이들이 가진 덕목 중 최대 장점이자 최대 단점이기도 한데 그 속성이 순수했다 하여 상처가 덜할 리는 없습니다.

앞서 다른 강사들이 이런 공개 처형을 당할 때마다 나는 차마 견딜 수 없을 것 같으니 미리미리 완벽하게 판을 짜자며 농담 한 줄까지 신중을 기해 수업을 준비했고 그 결과 몇 년간 태평성 대를 누릴 수 있었습니다.

　달이 차면 기운다 했던가요. 처형의 날은 불쑥 나에게도 찾아왔지요.

　직장인들로 꽉 차는 시간대인 아침 7시 수업에 40대 아저씨 수강생 한 분이 50분 수업 중 무려 40분을 지각하는 일이 발생했습니다. 10분이라도 듣겠다고 참석한 모습을 어여삐 여겼어야 마땅했는데 그보다 40분이나 지각한 연유가 몹시 궁금해 물어봤지요.

　"왜 이렇게 늦으셨나요?"

　심기가 불편한지 대답이 없는 수강생. 5분쯤 지나 대답할 여유가 생겼겠지 싶어 굳이 한 번 더 물었습니다.

　"그런데 오늘 왜 지각하셨나요?"

　또다시 불편한 얼굴로 대답을 피했어요. 때로는 무관심이 최선인 것을, 흠모하던 남정네도 아닌데 뭐 그리 궁금하다고 물어 쌌었는지 모르겠지만 일벌백계가 되라고 수업을 마무리하면서 무려 세 번째 그 수강생을 지적했습니다. "오늘도 수고 많으셨고, 내일 그 누구도 결석하지 마시고 우리 누구 씨는 지각하지 마시고."라며 라임 끝내주는 마지막 문장에 심취해 있는데 예상 못 한

반격이 훅 들어왔습니다. 더는 참을 수 없다는 목소리로,

"1절만 하세요, 1절만."

지각생이 분노한 것입니다. 와~ 정말 사극 톤이더라고요. 서둘러 출근길로 향하던 발걸음들이 모두 놀라 그 자리에 얼어붙었고, 수많은 인파 속에 다른 사람도 아닌 내가 드디어 퐈이널리 공개 처형을 당한 거예요.

늘 상상했었죠. 나는 과연 이런 개망신을 당할 때 어떤 반응을 보일 것인가 하고 말이에요. 울겠지? 이기고 지는 게 문제가 아니라 사람들 앞에서 발가벗겨지는 그런 일은 꿈에라도 몸서리칠 일인데 안 울면 그게 로봇이지 사람이냐 생각했었어요.

오싹함이 빠져나올 틈도 없이 삐질거리는 목소리로 그 수강생에게 되물었습니다.

"뭐라고 하셨죠?"

벼르고 있었다는 듯, "1절만 하시라고요. 이유가 있었으니까 늦었겠죠. I have the reason!"이라며 시시껄렁한 영어를 지껄이는 게 아니겠어요?

"What kind of jerk is here? blah blah blah….."

제 입에서 에미넴처럼 랩이 터지더라고요. 지금 이 순간의

쪽팔림과 상처를 승화시켜 힙합으로 직종을 변경하면 최소 오디션 준우승 각이었죠. 랩을 구사하면서도 속으로 와~ 로봇 났네 로봇 났어~ 나는 울지 않는구나 대견했습니다.

랩을 이해 못 한 지각생은 토라져 나가버렸고 처형 후의 황망함에 사뭇 오들오들 몸이 떨려 왔지만 연이어 다음 수업을 진행해야 하는 저는 어떻게든 떨리는 몸을 진정시키고 별일 없다는 듯 다음 수강생들을 맞이했습니다.

대담하게 수업을 다시 시작하려던 저를 울린 건 다름 아닌 교탁에 쌓여가는 커피들이었는데, 참담했던 처형의 순간을 목격했던 다른 수강생들이 선생님을 향한 추모 의식이라도 펼치듯 직장 가던 길을 멈추고 근처에서 가장 비싸다는 카페에 들러 커피와 간식거리를 사서 되돌아온 것이었어요. 수업을 방해해서 죄송하다는 헐떡임과 함께 말이죠.

사정을 알 길 없는 8시 반 수강생들은 역시 선생님은 인기가 사그라들 줄 모른다며 쌓여가는 카페인들을 바라봤고, 뭐라도 설명하는 척 뒤돌아 꼬불꼬불 아무 아랍어라도 써대며 눈시울을 붉혔습니다.

신기하게도 처형을 당하고 나니 살벌한 경험치는 의지로 분해 더 자신감이 생겨났습니다. 만에 하나 또 당할 땐 가증스럽게 한쪽 눈에서만 또르르 눈물을 굴려낼 수 있을 것 같았어요. 말만 뻔지르르하고 여전히 속사정은 오들거리니 그저 떨리는 마음 들키지 않는 요령 정도 레벨업되었다 하는 게 맞겠네요.

　　어쩌면 자신감은 '안 떨려요'가 아니라 '안 들켰지롱'인지도요. 좌우간 이 직업은 내 적성에 꼭 맞습니다.

라
이
징

스타

　살면서 먹어본 것 중에 가장 맛있었던 것을 꼽으라면 질질 끌 것 없이 'Inasal na Manok 이나쌀 나 마녹'이라고 말할 겁니다.

　필리핀 현지에서 현지인들이 대접을 한다기에 기분 좋게 끌려 나간 곳은 고급 레스토랑이 아닌 꼬질꼬질한 야시장이었는데, 허름한 분위기야 정취라지만 영 비위생적이고 호랑말코 같은 곳에서 줄까지 서서 기다렸다 먹어야 하는 상황이 내키질 않았어요. 다만 선택권이 없으니까 우리 차례가 되어 앉은 정돈 안 된 접이식 테이블에서 실망한 표정이라도 들킬까 연신 낮에 있던 얘기를 주고받았습니다. 잠시 뒤 현지 전통요리라는 닭 직화구이가 나왔어요.

예의상 한 입 뜯은 닭고기는 클래식만 듣고 자란 오스트리아 유학파 닭처럼 불 향 가득 부드럽게 육즙이 흘러내렸는데 정수리가 시큰해질 정도로 충격적인 감칠맛이었어요.

"이 음식 이름이 뭐라고?"

"어떻게 만들어?"

"이 부위는 또 뭐야?"

아직도 Paa(닭다리), Pecho(닭가슴살), Atay(닭간) 등 먹었던 부위들 현지어가 기억날 정도죠. 위생이고 뭐고 옆에 굶주린 사자가 나타났대도 코 박고 먹다 잡아먹힐 판이었어요.

우리의 김치가 집집마다 맛의 차이가 나듯 현지 여러 고급 식당에서 몇 번 더 사 먹어봤지만 야시장의 그 맛을 이길 곳은 없었고 방법만 있다면 야시장 요리사를 납치해 와 한국에서 체인을 내고 싶은 심정이었습니다. 요리는 요리사가 하고 나는 돈방석에 앉는 딱 좋은 시스템!

정공법이 이런 겁니다.

언제나 사양 산업은 있고 반면 뜨는 산업도 있게 마련이지만 정통은 내내 라이징 스타로 살아남죠.

한창 뜰 거라는 말에 전도유망한 전공 환경학과를 선택했지만 정작으로 제 입을 풀칠해준 것은 영어였거든요. 적성에 안 맞아 환경학이 뜨든 말든 그 분야의 최고 근처도 가지 못하겠더군요.

당시의 포기는 옳은 선택이었다고 생각합니다. 꾸역꾸역 전공을 살렸다면 각종 약품을 쏟아 갈색 도트가 현란했던 실험 가운처럼 정체성도 없이 산만하게 살고 있을 게 분명했지요.

최근엔 영어의 상업적 가치도 수명을 다하고 있음이 느껴지는데 짐작으로는 20년 후엔 영어 학원이 지금의 주산 학원보다 더 희귀한 것이 되어 있을 거라고 봅니다. 운이 좋게도 영어 산업의 최대 호황기에 귀국해 좋은 대우를 받았던 사람이지만 교육 현장에는 늘 지적하고 싶은 위기가 있었어요. 진지함보다는 유행에 치중했고, 빠르게 여러 방식을 도입하면서도 가르치는 방식은 여전히 구태의연했지요.

해외 경험을 분석하고 모방해 한국 시장에 곧 뜰 방식들을 점쳤었는데 적중률이 높아 동업을 제안 받을 정도였죠. SAT 학원이 뜰 거다, 미국 교과서로 공부하게 될 거다, 영어로 예체능을 가르치게 될 거다, 보드게임과 챕터북이 인기를 끌 거다 등 예측들이 현실이 되니까 신통해 보였겠지만 미리 염탐할 수 있었던 역마살의 수혜였다고 생각합니다.

아쉽게도 이젠 더 이상 영어에서 살려낼 아이디어가 없어 보입니다. 4차 산업, 뇌과학까지 안 따져봐도 궁극으로 번역기 하나만 제대로 개발되면 외국어 산업 시장은 판이 깨질 수밖에 없으니까요. 미래에 살아남을 수 있는 분야는 문학이나 예체능 등 인간만의 불완전성이 허락된 영역일 거라 생각하는데, 언어에 관심이 많다면 외국어가 아니라 고급 수준의 모국어에 집중하는 편이 나을 거란 판단입니다.

제가 자식들에게 영어로 말을 걸고, 시청각 자료를 활용해 심도 있는 영어교육을 시킬 거란 착각들을 많이 하시더라고요. 검도를 제외한 어떤 학원도 보내고 있지 않죠. 학습지나 과외도 시키지 않아요. 우리 집 아이들 하루 일과 영상을 찍어 올리면 대한민국 80퍼센트 부모님들이 용기를 얻을 거예요. 창의적인 것, 인간다운 것, 남다른 것들을 찾아가길 바라지 사양 산업에 시간과 돈을 투자할 이유는 전무하다는 의견입니다.

물론 남다른 재능을 보였다면 지는 해, 뜨는 해 가릴 것 없이 그 분야의 고수가 되게끔 지원을 아끼지 않아야겠죠. 어학에 특별한 재능을 보이지 않길래 다른 승부수를 찾는 중입니다. 잘 안 찾아지면 이나쌀 나 마늑의 야시장 요리사를 수소문해 비법을 전수 받을 생각이고요.

정공법에서 해답을 찾지 못한다면 차선책으로 우리는 라이징 스타가 무엇인지에 대해 상시 고민해봐야 합니다.

끝물인 것에 재능도 없는데 남들이 하고 있으니까 협소한 판단력으로 사정거리 내에 있는 성과만 이루며 살아가기엔 닥칠 미래가 호락호락 관대하지 않을 모양새죠. 인간의 지능과 노동력을 기계가 착취하는 영화 속 장면까진 아니더라도 도래할 미래를 촘촘히 상상하며 대비할 필요는 있어 보입니다.

왕이 될

상인가

　수년에 걸쳐 성인반 강의를 하면서 각계각층의 수강생들을 만나다 보면 직업별 특징을 간파하게 되고 나름의 단서들로 누군가의 직업을 맞추는 일이 가능케 되지요. 그러면 이곳은 명당, 그대는 관상가 양반이라며 난리가 납니다. 그럴수록 놀려 먹는 재미가 또 쏠쏠하니 "영어 학습법 말고도 유학, 해외취업, 이민 등에 관해 궁금하시면 언제든 질문 주시고, 사주, 궁합, 손금, 토정비결도 가능합니다."라고 신이 내린 목소리로 말끝을 흐리면 쉬는 시간마다 늘어선 줄이 말도 못 해요. 긴 시간 놀려먹느라 엄청나게 즐거웠으니 마술의 원리를 공개하는 날도 있듯이 어찌 그대들의 직업을 꿰뚫어보았는지 30초 후에 공개하리다. (광고 보고 올게요!)

가장 맞추기 쉬웠던 직업군은 회사원입니다. 주변에 회사들도 많았지만 새벽같이 영어를 배우러 오는 것은 회사에서 살아남기 위한 생존템으로 자기계발을 하는 경우가 대부분인 거라 수강생 절반 이상은 회사원이죠. 보통은 IT 업계나 금융권 두 가지 정도로 추리면 얻어걸려요. 실제로 매우 근거리에 국내 최대 게임 회사도 있었고, 그게 아니더라도 컴퓨터로 일 안 하는 회사원은 거의 없으니까 캐주얼한 복장으로 앉아 있는 수강생 한 명을 콕 집어 "IT 업계죠?" 들이밀면 다들 목젖이 보이게 놀라요. 금융권은 은행, 증권회사, 보험회사, 하다못해 어떤 회사의 회계 업무만 맡아도 금융권 계열인 것이라 깔끔한 정장 차림에 다크서클이 좀 짙다 싶으면 미간을 찌푸리는 연기와 함께 "금융권에서 일하시나 봐요?"라고 던지죠. 그 자리서 지갑을 열어 복채를 낼 기세예요.

회사원만큼 빨리 눈치채는 직업군은 종교인입니다. 특히 목사님이나 선교사분들이 많았는데, 말투부터 홀리 홀리 하세요. 수업 초반부터 선생님에게 주님의 은총과 축복을 내려주셔서 모를 수가 없지요. 가끔 그저 종교에 심취하신 분이더라도 종교인이냐고 물으면 그냥 좋아라 하십니다. 스님 수강생께는 합장으로 인사를 드리고, 수녀님과 식사할 땐 식사 기도를 드려야 해서 종교적으로 뻣뻣하게 구는 건 별 도움 안 된다는 것쯤은 터득하게 되지요.

수업 일주일쯤 지나면 명함을 주고 가시는 수강생들이 계시는데 법조계 직군이에요. 어디 지검 검사, 무슨 변호사, 의외로 다양하게 포진되어 있는데, 알아봐달란 마음은 아니시고 일종의 직업병입니다. 선생님 포함 주변 수강생들을 잠정적 의뢰인으로 보시는 거죠. 무엇보다 직업을 맞추느라 고생할 필요가 없어 좋아요. 알아서 탄로나 주시니까요. 필요한 때 법적으로 믿고 맡길 인연들이라 주신 명함들 귀하게 간직하고 있지만 유일하게 가슴이 덜컥했던 명함은 이혼 전문 변호사가 주신 명함. 우리 제발 만나는 일 없기를….

교육계는 신기할 정도로 보자마자 느낌이 딱 와요. 특유의 교육계 복장 스타일을 하시고 내내 반듯하게 튀지 않고 각별한 예의를 표하면 선생님입니다. 자기계발 하시는 발전적인 분들이라 이심전심으로 "고생 많지?" "내 다 알고 있다~." 이런 응원을 상시 보내주시죠. 보통은 행여 부담이라도 될까 직업을 내내 숨기다 마지막 수업 일에 임용에 합격했다, 예전에 선생님으로 일

했다, 현재 교수 안식년이다 등을 밝히시는데, 두 손 맞잡고 알고 있었다며 그동안 감사했다고 인사드리죠. 나중에 유명한 TV 프로그램에 전문가로 출연하신 분들도 여럿 계셨는데 내 어찌 저런 학자들 앞에서 그런 아는 척을 했던가 뒤늦게 민망한 날도 많았습니다.

의료계는 의사, 간호사, 약사 포함 제약회사 연구원, 의료기기 영업직까지 통틀어 맞추면 되는데, 재밌는 건 그들 대부분이 자신의 입에서 단서가 나왔다는 사실을 인지하지 못해요. 수업 내용 중에 병명이나 의학 용어가 나올 때 총명탕 마신 눈빛으로 변하는 분들이 있으면 뻔하죠. 의료계입니다. 단어 중에 emphysema 같은 한국말로도 익숙하지 않은 병명을 자연스럽게 엠퍼지마, 폐기종이라고 대답하는 분들은 의사일 확률이 99%거든요. 며칠 지나서 무심코 "의료계시죠?"라고 맞히면 기가 막히다는 표정으로 온몸을 떨며 놀라시지요. 그냥 느낌이 왔다고 사기를 치면 주변 수강생들도 덩달아 선생님 섬기는 모드로 변한답니다.

연예인 수강생들은 외모가 곧 단서예요. 유명한 연예인들은 당연히 아니까 맞추고 말고가 없는데 인지도가 높지 않은 연예인들도 딱 보면 알 수가 있어요. 개강일에 강의실을 둘러보면 어느 지점에선가 눈부신 빛이 내리쬐는 걸 느낄 때가 있거든요. 이마부터 콧날까지 하늘에서 특별 관리를 받고 내려온 천사들처럼 광채가 납니다. 눈에서 레이저가 나오는데, 그게 아마 끼라는 것인가 봐요. 막 빨려들어갈 것 같은 광선이 날 휘감죠. 홀린 기분으로 강사실에 와서 그 수강생 혹시 배우냐고 물으면 맞대요. 체면 차리느라 덤덤하게 굴었지만 사실은 연예인이 날 보고 선생님이라 불렀다며 뒤에서 엄청 헤벌쭉거렸습니다.

직업을 오해한 적도 있었는데 한번은 중견 남성 배우로 추정되는 분이 앉아 계시는 거예요. 눈에서는 레이저가 나오지 사극 어디선가 영의정으로 나온 걸 봤다 싶어 그분께 TV에 나오는 분이시네요? 아는 척을 했더니, 엄청 놀라시며 자길 알아보는 젊은 사람이 있을 줄 몰랐다고 하시더라고요. 근데 그분과 말을 하면 할수록 배우가 아닌 겁니다. 궁금해 검색해보니 모 대기업 전직 사장님이셨더라고요. 대통령상도 받고, 기업인의 밤인지 낮인지도 자주 참여하시느라 TV에 나오셨던 건데, 어쨌거나 티브이에 나온 건 맞으니 그분은 아직까지도 기업인들 얼굴까지 기억하는 보기 드문 젊은 강사로 절 기억하실 거예요. 휴식기에도 영어 공부하러 꾸준히 나오셔서 연예인보다 더 연예인처럼 마음에 새겨진 분이기도 합니다.

　개인적으로 가장 좋아했던 직군은 운동선수였는데 선생님 말은 무조건 들어줍니다. 절대 의심하지도 않죠. 결석하면 영어 망하는 거예요~ 그러면 결석이란 없어요. 많이 듣고 따라 말하는 게 최고의 공부법이에요~ 그러면 잠잘 때 빼고는 내내 듣고 말합니다.

　성인반 학생들의 가장 큰 문제점이 아집으로 그간 해오던 방식을 버리지 못한다는 것인데, 체육계에선 고집쟁이를 못 봤습니다. 그 좋은 체력에 하면 된다는 정신력을 가지고 있는 데다 의외로 순수하기까지 해서 딱 보면 영롱한 급으로 티가 나죠. "스포츠계??"라고 말하면 우렁차게 놀라며 선생님 아니라 교주님처럼 모셔주시죠. 성과가 가장 큰 직군이기도 해요.

　미리 정보가 입수될 때도 있는데 수입차 정비공, 유리 공예가, 고고학자, 카지노 딜러 등 이런 독특한 직업군은 강사실에서 힌트를 얻습니다. 특별히 이런 부분에서 영어가 필요한 학생이니 다음 강좌 선생님께 미리 부탁한다고 전하다 보면 직업이 언급되기 마련이라 알게 되는 것인데 양심상 그럴 땐 직업을 안 맞혔어요.

그나저나 왕이 될 상은 있었냐고요?

어차피 우리나라가 입헌군주제도 아니고 왕 될 사람까진 안 찾아봤지만 다들 왕 될 느낌으로 열심히 살았던 것에는 매우 동의하는 바입니다.

Soulmate

　　오랜 시간 빽빽하게 완성도 높은 직업인으로 살았더니 남겨진 건 만만해 보이지 않는다는 이미지였는데 상냥하게 웃고 있어도 기가 느껴진다나 뭐라나, 아무도 날 쉬운 여자로 봐주질 않으니 소개팅할 때마다 결격사유요, 학부모들 사이에선 조심해야 할 엄마 1순위라 산재 신청이 마땅하다고 생각합니다.

　　영혼을 쏟어 담아 공감하기를 즐기고 수다에서 활력을 되찾는 사람인데 직업병으로 얻은 내게 칼있으마 이미지 덕에 소소한 일상의 행복은 물 건너간 것이지요. 저는 매사 쉽게 포기하지 않는 근성 있는 여자입니다. 면전에 대고 차가워 보인다, 도도해 보인다, 눈빛 장난 아니다, 보통 기운이 아니다 등 오해에 오해를 시리즈로 겪어도 캔디가 그랬던 것처럼 오해해도 욕먹어도 나는 안 울어, 오해 풀고 친해지지 울긴 왜 울어 이러다 못해 웃으면서 달려보는 아주 귀감이 되는 사람이에요. 두 번의 출산으로 몸매가 풍만해지자 사람들의 경계심은 한층 헐렁해졌고, 육감적으로 친화적인 인간형이 될 때가 왔다며 사람들과 대화할 때 영혼을 빼먹기 시작했습니다.

언제 차 한번 마시자는 인사말에 롸잇 나우 시간 된다면서 우리 집 식탁에 마주앉아 대화의 지분 97.8%를 가져가고 있는 아들 친구 엄마. 차 마시자 했지 등산하자고는 안 했는데 자꾸 얘기가 산으로 가요. 심성 고운 그 집 아이 칭찬을 날린 끝으로 한 시간째 고막의 안위를 걱정하며 그 집 부부가 어디서 어떻게 만났고, 얼마나 성대한 결혼식을 치렀으며, 매부, 형부, 제부, 시누, 누가 누군지 사태 파악도 안 되는 다수의 생명체들이 또 어디서 어떻게 만났는지에 대해 듣고 있지요. 그런 날이면 영혼에게 말해요. 영혼~ 안 궁금해 라고 말할 영혼~ 잠깐 나가 있어~. 육체가 산 탈 시간이에요. "어머~오빠가 남자라고요? 세상에 이런 일이~." 이러면서 청계산도 올라갔다 지리산도 다녀오면 이제 하산할 시간.

가끔씩 하나도 안 궁금한데 협박에 가깝게 음식 관련 추천을 받는 때가 있습니다. 계란은 어디 저디에 좋으니 하루 한 알씩 먹어야 한다. 사과는 저기 저 짝에 좋으니 매일 하나씩 먹어야 한다. 가지는 환자들에게 특히 좋은 음식으로 맨날 섭취해야 한다. 바나나에는 이런저런 게 많으니 1일 1바나나 해야 한다.

매일 먹어야 하는 음식이 오억 칠천 개니까 머리 나쁜 사람은 외우지도 못할 지경이지만 전 또 머리가 좋아서 다 외워져요. 모조리 먹은 척하고 다 먹었냐고 확인이 들어올 때면 차근차근 영혼에게 속삭이죠. 솔직하고 영롱한 나의 영혼~ 잠시 찌그러져 있어~. 그러면 육체가 태국 사람처럼 말해요. "마이 무에따이 아이가~."

국민총생산이 증가하자 재테크로 재미 본 국민들도 증가해 여기저기 서당개 경제전문가들이 활개를 쳐 어딜 가도 빌어먹을 오지랖이 판을 쳐요. 이쪽에 땅을 사, 그 아파트는 호재가 없어, 아직도 주식을 안 팔았다고? 달러 좀 사두라니까, 남의 돈한테 명령도 잘해요. 심호흡 한 번 들이마시고 영혼에게 전하면 돼요. 영혼아~ 나대지 마~ 입만 털지 말고 돈 좀 보태~ 라고 말할 영혼아 잠자코 있어. 그러면 육체가 적당한 애드립으로 화제를 돌리죠. "얼굴에 김 붙었어요. 잘생김."

원래 호락호락하지 않은 인상파들일수록 본인 스스로는 참하고 순수한 사람이라 믿어 의심치 않거든요. (영혼들아 믿어줘~) 그런 오해들이 억울하기도 했는데 막상 내 속살의 반전을 확인한 뒤 살아남은 인연들은 도리어 더 귀하고 진실했지요. 아둔함을 가장해 내 영혼의 단짝이 들락날락거리니 속살 참 야들하다며 도망치는 인연들이 급감했어요. 이 여자가 살아남는 스킬입니다. 영혼아~ Good Job!

방송인

    일이라는 게 아무리 적성에 맞고 즐거워도 반복되다 보면 싫증이 나게 마련인데 슬슬 매너리즘에 빠져가던 어느 날 수업이 끝나 쉬고 있는 그때 직원 하나가 성급히 달려와서는 방송국에서 피디가 날 찾아왔으니 1층 카페로 가보라는 것이었습니다. 캬아~ 하여간 내가 딴 건 몰라도 연예인들 길거리 캐스팅될 때의 그 짜릿함 정도는 묘사할 수 있다니깐~.

    방송국 피디라니 이 무슨 아닌 밤중에 홍삼이냐며 입방정을 떨며 내려갔더니 젊고 유능해 보이는 피디가 깍듯하게 인사를 해오더라고요. 매우 무관심한 척 표정을 지어보아도 코 평수는 45

평에 입꼬리는 70평대로 찢어졌어요. 한데 나 같은 인물한테 가수도 연기자도 아니요, 하다못해 광고모델도 아닌 초등학생 대상 영어 강의를 찍자 하니 다소간 실망감이 밀려왔죠. 게다가 출연료도 소액이라 이마부터 턱까지 손 좀 보고 나갈 요량이면 수지타산도 맞지 않겠다 싶어 거절했더니 피디는 간곡한 표정으로 꼭 나와 촬영하길 원한다고 재차 부탁을 했어요. 크흐~ 하여간 내가 딴 건 몰라도 주인공으로 섭외 받고 바짓가랑이 늘어질 때의 으쓱함 정도는 표현할 수 있다니깐~.

나를 움직인 건 훗날 자식들에게 보여줄 영상을 남기는 거란 말이었는데 최근 애들에게 보여줬더니 저 날씬한 여자는 결단코 우리 엄마가 아니라며 싸움판만 커졌지만, 어쨌거나 그땐 그 말이 꽤나 매력적인 설득이었습니다. 이왕 하겠다고 칼을 뽑았으니 인간문화재 대장장이를 찾아내 좋은 칼부터 만들자는 자세로 서점에 가서 초1부터 초6까지 영어책들을 사재기하고, 회차별 눈높이에 맞는 재미있는 소품들도 자비로 구입했습니다. 개그 반 교훈 반을 섞어 직접 대본도 완성했고 이제 남은 건 촬영뿐이네요. 호이짜~ 하여간 내가 딴 건 몰라도 데뷔 무대 찍으러 방송국에 첫 출근하는 아이돌 그룹의 심장 쫄깃함 정도는 안다니깐~.

많은 수강생들 앞에서도 뻔뻔했던 저였기에 달랑 카메라 한 대를 앞에 두고 떨 리는 없다고 생각했어요. 촬영은 시작됐고 프롬프터를 읽기 시작하는데 목소리가 솔~ 음으로 붕 뜨기 시작하더니 아무리 저음으로 말하려 해도 내려가지지 않는 겁니다. 영어를 팔러 온 사람처럼 계속 옥타브가 높아져만 갔어요. She's gone의 클라이맥스인 줄. 피디님께선 네~ 잘하셨어요, 한 번 더 촬영할게요~ 라며 그 한 번 더를 백 번 더 말씀하셨죠. 나중엔 짜증을 참으며 선생님은 평소 목소리가 정말 좋으시다며 이번만큼은 인간의 목소리를 내보자고 제안했으나 제가 지금 지조가 있고 싶어서 있는 게 아니라 내 목소리에게 주관이 생겼나 봐요. 나도 어쩔 수 없는 비연예인인가봐~ 어흑~. 하여간 내가 딴 건 몰라도 수년째 발연기하는 연기자들의 해도 해도 안 될 때 심정 정도는 이해한다니깐~.

세 번 더 방송국을 가서야 1회 촬영을 간신히 성공했는데 정확히는 피디님이 포기한 것이었죠. 목소리는 마지막회 촬영까지 솔 밑으로 절대 내려가는 일이 없었고, 발랄해 보이려고 구입한 소품들 중에 해바라기 머리띠를 쓰고 강의하는 제 모습은 커다랗고 화사하게 미친 여자 같았습니다. 손 인형은 또 왜 사서는 그걸 손에 끼고 1인 2역을 하는데 목소리는 여전히 솔 밑으로 내려가지 않으니 패왕별희가 따로 없었죠.

　아무리 친한 사이도 한 회차를 끝까지 시청할 수 없다며 괴로움을 토해냈고 저 역시도 티브이에 나오는 또 다른 나와 대면하는 건 환장 맞을 경험이었습니다. 가끔 지인들이 전화해서 아무 말도 하지 않고 숨넘어가게 웃기만 할 때도 있었는데 이쯤 되면 장르가 교육이 아니라 코미디였던 겁니다. 하여간 내가 딴 건 몰라도 개그맨들이 못 웃기는 이유는 진짜 모르겠다니깐~.

　학원 안 다니고 교과서 위주로만 했는데 웃기는 게 제일 쉬웠어요.

　흑역사는 분명한데 인생의 참 스승을 만난 경험이었습니다. 저 꼴로 전국에 전파 탈 때도 살았던 내가 못 견딜 일이 어디 있겠나 싶어서, 저 지경인데도 나랑 결혼하겠다는 남자까지 만났으니 내가 뭘 더 바라겠냐 싶어서, 나는 오늘도 내가 한때 방송인이었음을 잊지 않고 치를 떱니다.

STORY

7

Lifehood

Spero, spera

팔
방

취미인

　새로운 취미에 입문할 때 대체로 시작은 미미하나 끝은 창대한 경우들 많이 보시죠? 저는 좀 다릅니다. 남들이 0점에서 시작해서 95점으로 끝낸다면 저는 75점으로 시작해서 77점으로 끝내죠. 초기 습득은 빠른데 시간이 흘러도 실력이 더 나아지지는 않는 참으로 한결같은 사람이거든요. 대신 이것저것 해본 건 많아 다양한 분야에 다채롭게 슬쩍 낄 정도는 된다는 게 장점입니다.

　포켓볼
　어떤 모임에서 술집을 갔는데 포켓볼 대가 있더라고요. 누군가 내기를 제안하길래 아무 생각 없이 쳤는데 잘못 맞아도 공이

공을 쳐서 들어가지 뭐예요. 처음 쳐본다더니 매일 당구장에서 살았나 보다며 상대팀이 술값을 내더라고요. 그 후로 몇 번 더 쳐 봤지만 개선점은 없었어요.

골프

처음 골프 치러 가는 걸 머리 올린다고 하죠. 미국에서 미니 어처 골프장에 미니 머리 올리러 갔을 때의 일이에요. 골프채 잡 는 법도 몰랐던 제가 공에다 골프채를 갖다 대기만 하면 홀인원 인 겁니다. 재능인가 싶어 몇 번 더 갔더니 가면 갈수록 실력이 줄 더라고요. 뭐 놀랍지도 않아요.

스노우 보드

캐나다에 있을 때 휘슬러 스키장에 갔었어요. 촌스럽게 거 기가 유명한 곳인지도 모르고 갔었죠. 자연설이 한눈에도 탁월해 보여 스노우 보드 강습을 신청했습니다. 보드 멈추는 법 위주로 설명을 듣고 설명이 끝났으니까 탔죠. 감동한 강사가 박수 치며 칭찬하더라고요. "프로페셔널~." 그 강사의 기억엔 영원히 천재 선수로 남아 있을 거예요.

사진

아는 사람들끼리 모임이라 무늬만 동호회긴 했지만 명색이 사진 동호회인데 카메라도 DSLR로 장만하고 여기저기 출사 다니며 사진도 찍긴 했었죠. 다들 제 사진의 구도가 정말 뛰어나다는 거예요. 카메라 버튼의 기능을 거의 몰라 오토로만 막 찍었는데도 좋다고들 하니까 저도 좋았죠 뭐.

피아노

일곱 살 때 피아노 학원 선생님이 진지하게 음대 보낼 생각 없냐고 엄마를 한참 설득할 정도로 재능이 있었거든요. 중고등 시절 손을 놓고는 있었지만 지금도 꾸준히 칠 만큼 가장 오래된 취미기도 해요. 문제는 일곱 살 때와 차이가 안 날 정도로 실력도 꾸준하다는 점이죠.

바이올린

유명한 바이올리니스트의 공연을 보고 갑자기 바이올린을 사야겠다 싶더라고요. 인터넷에 풀린 무료 강의로 활과 현의 기본을 익히고 첫 곡을 연습해 온라인 카페에 영상을 올렸더니 어떤 음악 선생님이 무료로 레슨을 해주겠다는 겁니다. 천부적 재능이라는 거죠. 실력에도 성장판이 있다면 바로 닫힌 게 분명해요. 그 시절 그 실력 그대로 유지 중입니다.

그림

미술관을 다니다 보면 갑자기 그림을 그리고 싶은 욕구가 생길 때가 있잖아요. 머리에 떠오르는 선명한 심상을 종이에 옮기기만 하면 되니까 단순한 일 같은데 원치 않게도 필터링이 일어나요. 심플하고 귀여운 그림으로 재탄생되는 거죠. 이건 좀 심하다 싶은데 사람들이 특유의 화풍이 생겼다며 감탄하더라고요. 화풍인 척하려고요.

글쓰기

글에 내 감정을 담았는데 거기에 공감이 달렸을 때의 희열은 실로 엄청납니다. 누군가의 취미가 글쓰기라면 분명 이 맛을 느껴본 게 확실하죠. 때론 대나무 숲에서처럼 후련함을 주기도 하고요. 취미라 여기지 않고 오랜 시간 글을 써왔는데 가장 알짜 취미가 아니었나 싶네요. 이것만큼은 100까지 늘기를!

체력을 쓴 만큼 활력으로 환급해주는 게 취미의 최대 장점이라고 생각해요. 게다가 잘할 필요도 없고요. 완성도가 좀 떨어져도 여기저기 기웃거리기만 하면 금세 팔방미인 소리를 들을 수도 있습니다. 사방이냐 팔방이냐가 대수겠습니까! 졸지에 미인이 되는 일인데요. 마음 편해지도록 즐길 거리를 찾는 게 아니라 즐기다 보니 마음이 편해지는 게 진짜 취미라는 생각입니다. 전적으로 권하는 바이지만 취미를 만들려고 강박을 가지지는 마세요. 당장 취미가 없는 분들은 위축되지 말고 사는 게 취미라고 해보세요. 삶이라도 건지게.

나
는

가수다

중학교 때 참 이해도 안 되고 하기도 싫었던 것 중 하나가 바느질이었어요. 가정 실기 점수로 들어간다니까 억지로 하면서도 이렇게 작은 사이즈 치마 만들기도 힘든데 퍽이나 나중에 바느질하는 날 오겠다 싶었던 거죠. 오더라고요.

첫 아이 임신 중에 아기 침대 하나를 샀습니다. 아기가 움직이다 부딪힐까 걱정돼 침대 울타리에 달 범퍼를 검색하고 있었죠. 뒤져도 뒤져도 제가 원하는 고결한 디자인의 범퍼가 없는 거예요. 원단 쇼핑몰에 들어가서 원하는 패턴, 명도, 채도를 다 갖춘 톤 다운된 스카이블루 원단을 발견했어요. 저런 원단으로 만들면 딱이겠더라고요. 재봉틀을 샀죠. 가정용 재봉틀에는 양대 산맥이라 불리는 두 종류의 유명한 브랜드가 있습니다. BROTHER와 SINGER. 형제님과 가수님 중에 목청이 좋은 편인 저는 가수님을 선택했습니다.

문화센터 초보 미싱 강좌를 들으러 가면 작은 주머니나 티슈 커버 같은 소품으로 시작을 한다더라고요. 얼마 뒤 출산이었던 전 하루라도 빨리 범퍼를 제작하는 게 급선무였습니다. 누빔 원단에 바이어스를 대고 직선으로 박기만 하면 되는 거라 굳이 돈 내고 강좌를 들을 필요까지 있을까 싶었어요. 필요하겠더라고요. 두 시간 동안 실 끼우는 방법을 몰라서 울었습니다. 드디어 기본 작동법을 파악하고 페달을 밟았더니 스르르르륵~ 발라드 가수처럼 기분 좋은 소음이 울려 퍼지는 것까진 좋았는데 직접 원단을 박으려니까 바늘 근처엔 얼씬도 못 하겠는 거죠. 멀찌감치 떨어져 원단을 잡고 당기며 박았더니 실의 장력과 바늘땀 크기가 안 맞는지 우두두두둑~ 소리와 함께 원단과 실이 꼬불꼬불 뒤엉켰어요. 실 푸는 데만 십 분 걸리더라고요. 좀 더 바늘 가까이 손을 전진시켜 자연스럽게 원단을 밀었더니 그제야 범퍼의 한쪽 변이 완성되었습니다. 나머지는 내일 해야죠.

하룻밤 자고 일어났더니 감이 사라졌더라고요. 원단을 세게 당겼는지 또다시 우드락우드락 락 페스티벌 같은 소리와 함께 한참을 엉켜버렸어요. 이래서 다들 돈 주고 그냥 사는구나 싶은데 재봉틀과 원단 값 본전을 뽑아야 해서 엉킨 거 빨리 풀고 다시 박아야만 합니다. 엄밀히 손익분기점을 넘기려면 범퍼 다섯 개는 더 만들어서 판매도 해야 하는 거지만 제가 사장님이니까 눈감아주는 거죠. 다시 감이 돌아온 것 같을 때 혹시라도 쉬다가 또 감을 잃을까봐 박고 또 박았더니 나만의 범퍼는 완성되었습니다. 눈물 젖은 범퍼였죠.

바느질은 참으로 인생과 닮았습니다. 매듭도 없이 성글게 홈질을 해대는 이도 있고, 실수한 부분은 모조리 풀어내 처음으로 되돌리는 이도 있죠. 예기치 못하게 바늘에 찔려 두려워지는 사람, 어지간하면 용기로 극복해보는 사람도요.

미싱질하는 걸 보면 열을 알 수 있겠더라고요. Cloth(옷감)를 Clothes(옷)로 만드는 것은 우리 손에 달렸습니다.

말실수도

유전인가요?

나이가 들수록 말이 헛나올 때가 많아지죠. 살짝 서글프기도 하고 걱정도 되지만 말실수는 말 그대로 실수일 뿐입니다. 악의가 있는 나쁜 말도 아니고 누군가가 상처받는 일도 없으니까요. 상대가 찰떡같이 알아들었고 사는 데 지장이 없는 것 같으면 전혀 문제없는 겁니다. 이것이 대를 잇는 경우라면 얘기가 좀 달라지겠지만요.

시어머니는 어휘력도 풍부하시고 순발력도 빠른 분이세요. 일단 말부터 하고 후일에 생각을 도모하시죠. 결혼 전 우리 부부를 앉혀놓으시고는 "너네가 찹쌀 궁합이란다." 하시더라고요. 저게 아닌데, 그 쫄깃하고 엉겨붙는 느낌에 그런 단어가 있었는데 싶지만, 찹쌀의 공격에 찰떡이 떠오르지 않더라고요.

또 한번은 아버님과 아들이 나란히 있는 모습을 보고 사람들이 "부자지간이 어쩜 그리 금붕어냐고…." 했다는 거예요. 설마 붕어빵? 이러면서 지적을 못 한 게 한이라면 한이네요.

돌이켜보면 남편도 어머니 성향을 그대로 물려받았어요.

결혼식 준비로 한창일 때 드레스 샵에 갔더니 허리에서 종 모양처럼 퍼지는 드레스는 '벨 라인', 인어공주처럼 몸매가 드러나 보이는 드레스는 '머메이드 라인', 이러면서 드레스를 입혀주더라고요. 용어도 어색하고 드레스 입어보는 일도 뻘쭘해 생각만큼 로맨틱하지는 않았어요. 돌아오는 차 안에서 남편이 묻더라고요. "그래서 자기 뭐로 할 거야? 매머드 라인으로 할 거야?" 이렇게 부인 멸종시키더라고요. 자매품으로 우리 부부는 다른 사람들이 싸우지도 않는 줄 안다면서 "우리 블라인드 부부인가?"라고 말한 적도 있어요. 쇼윈도-윈도우-블라인드. 아주 연상 작용의 대가 납셨죠.

결혼식 준비할 때 친정 아빠와 애틋한 추억 하나가 있습니다. 느지막이 결혼하는 딸 성대하지는 못해도 유쾌한 결혼식을 만들어주고 싶으셨던 거죠. 작은 사이즈에 현수막 두 개를 제작해 오셨더라고요. 하나는 '윤미야 사랑해~' 또 하나는 '사위 정인건 넘 좋아~'였어요. 그 두 개를 등에 붙이고 입장하라고 하셨어요. 웬만하면 결혼식 한 번만 할 생각이라 죄송하지만 실천은 못하고 가보처럼 간직해오고 있었죠. 여기저기 뒤지는 걸 좋아하는 첫째 아들이 현수막 하나를 들고 와서 묻더군요. "엄마 왜 사위랑 결혼했어요? 1위랑 했어야지."

가족 전체가 벌레라면 치를 떨어요. 한 덩치 하는 남편조차도 아이가 생애 최초로 잡은 잠자리채 안의 잠자리를 놓아줬을 정도예요. 어쩜 그렇게 부모를 쏙 닮은 두 아이들이 한동안 벌레라면 기겁을 하더니 우연한 기회로 메뚜기 잡는 걸 성공한 후 제대로 성취감을 느꼈던 거죠. 주말마다 메뚜기를 잡으러 갔는데 그날은 비가 내린 끝이라 메뚜기가 거의 없었어요. 아쉬워하는 애들에게 "미처 피할 곳을 못 찾은 애들이 있을 거야. 잘 찾아봐." 라고 하자 둘째가 말하더라고요. "미친 애들을 잡으면 돼요?"

유전인 거죠?

현재진행형

좀처럼 이해가 되지 않았던 영어 문법이 현재진행형이었습니다. 좀처럼 이해가 잘 되는 영문법도 없긴 했지만요. '~중이다' '~하는 중이다'. 부디스트가 개발한 문법인가 보다 했죠.

한국말과 달리 영어는 현재를 현재형, 현재진행형, 현재완료형 등으로 세분화합니다. 예를 들어,

I eat snakes. 나는 뱀을 먹습니다.

보양식을 좋아하는 사람인가 봐요. 몸에 좋다면 아무리 징그러워도 참고 먹을 수 있다는 사실 여부, 가능 여부를 말하는 거죠.

I am eating snakes. 나는 뱀을 먹고 있는 중입니다.

우연히 먹을 기회가 생겨서 마다할 이유가 없으니 지금 먹고 있다는 현재의 행동을 알려주는 것이죠.

놀랍게도 한국 문법엔 이 차이가 존재하지 않습니다. "나 뱀 먹어."로 두 문장이 통용되는데 상황을 보고 눈치로 알아듣는 겁니다. 외국어에만 존재하는 어휘나 문법을 통해 생각지 못한 철학이 생길 때가 있습니다.

저는 과거가 중요하지 않다고 생각해요. 현재에 비해서 말이죠. 미래는 더더욱 논할 가치가 없다고 생각합니다. 과거에 비해서 말이죠. 이미 지나버린 일은 어찌하지 못하는데 어쩌자는 거냐는 일종의 심술이죠. 정말 후회하고 반성해도 누군가 끝내 비난을 거두지 않으면 바꿀 도리가 없는 게 과거라서 책임감은 넘치지만 책임질 수가 없는 거잖아요. 막 살았어도 괜찮다는 뜻이 아니라 마음에 요령이 없으면 현재를 살 수 없다는 말입니다. 쿵푸팬더처럼 말이에요. 미래는 말하는 대로 이루어지지 않으니까, 또 당장 내일 죽을지도 모르는 게 삶인 거니까 대비는 하되 계획 짜느라 시간 허비는 말자는 의견입니다. 현재의 나, 여유 있을 땐 가까운 주변인까지 보듬으며 현재에 집중하기를 갈망하는 사람인 것이죠.

이런 현재형 인간에게 현재진행형이라는 문법은 충격으로 다가왔어요. 현재를 또 나눈다고? 생소했던 이 문법이 해외 생활을 하면서 의도적 습관이 되니까 삶에서도 현재를 더 잘게 쪼개며 사는 자신을 발견하게 되더라고요. 동사에 ing을 붙여가며 말하는 일이 귀찮기만 했었는데 이 귀찮음이 시간을 더 구체적으로 이해시킨 거예요. 현재가 더욱 구체화되어 소중해졌습니다. 10초 전의 과거에도 조심하게 되고 1분 뒤의 미래에도 겸허해지게 된 겁니다.

현재진행형의 해독이 끝났으니 이제 현재완료를 살펴볼까요? 말했듯 전 지금 이 순간 1분 1초가 중요한 사람이에요. 골치 아프니까 넘어갈게요. 문법이 이해 안 갔더라도 한 가지만 기억하시면 됩니다. 제일 중요한 건 현재다.

정계 진출

(스타 워즈)

정계에 발을 들여놓은 것은 아주 우연한 계기에서였습니다.

한 온라인 신생 카페에서 지역 발전에 필요한 사안을 토론한다기에 잘 살펴보니 정치색도 없고 점잖은 분위기 같길래 기존에 제가 활동하던 카페에 홍보를 해줬습니다. 얼마 뒤 자고 일어났는데 그 카페의 부매니저가 되어 있더라고요. 자고 일어나면 원래 스타가 되는 거 아니던가요? 해보실 생각 없냐는 한마디 제안도 없이 하루아침에 부매니저가 되어 어찌 반려할까 고민하고 있는데 순식간에 여기저기서 회원들이 "이렇게 나서주셔서 감사합니다." "정말 대단하세요." "응원하고 존경합니다."라고 하니까 사양할 수가 없더라고요.

하루는 아는 동생이 전화해 "언니, 우리 애들 학교에 국회의원이 와서 간담회를 할 거래. 아무래도 언니가 대표로 그 의원님을 만나 할 말이 많을 거 같아서 내가 자리를 마련했어." 목소리에 경외심이 그득했어요. "내가? 과연 내가 그러고 싶을 거래? 참고로 언니는 정치인에 전혀 관심이 없고 기온이 낮을 땐 외출을 삼가."라고 차마 거절을 할 수가 없는 거죠.

간담회에 참석했습니다.

정치와 무관하게 저란 사람은 입에 재갈을 물리지 않은 이상 할 말은 하는 스타일이거든요. 기어이 학부모계의 잔 다르크가 되어 '저 엄마 도대체 누구야'의 역사를 써내려갔습니다. 이것이 정치에 입문하는 일종의 조짐이라면 금일 저녁에라도 재래시장을 돌며 미담을 만들어놓겠습니다.

부담감이 밀려와 카페의 부매니저 직을 내려놓고 싶은 그때 적격인 젊은이가 제 눈에 띄었어요. '부탁이야, 강요이기도 해. 이 권력, 명예, 부 다 네 거야! 너 다 가져!'

다행히 수락은 해줬는데 더 큰 혹이 저를 기다리고 있었습니다. 시장님과 면담 자리를 성사시켰다며 주민 대표로 함께 참석하자는 거예요. '뭔가 큰 오해가 있는 거 같은데 시장님을 만난다는 게 아니고 재래시장 돈다고 했던 거야.' 눈물이 앞뒤를 가렸지만 거부할 각이 안 나와 결국 면담 전략을 짜기 시작했어요. 뒤를 캐다 보니 시장님은 전직 별 네 개 장군이셨다는 것 아니겠어요? 군필자 동생에게 조심스럽게 물었습니다.

"장군님들은 혹시 안주머니에 총 차고 다니시니?"

별 네 개는 상당히 높은 거라 했고 시작도 전에 밀리는 기세에 어떻게든 우리 쪽도 별을 찾아내야 했습니다.

"아 맞다! 내가 깜빡했는데 사실 누나가 예전에 스타강사였어."

별 하나는 추가됐지만 아직 스코어는 4 대 1. 더 많은 별이 필요했어요. 문득 그 동생이 다닌다는 회사가 떠오르더군요. 그는 주류와 음료를 생산하는 기업에 재직 중으로 우리가 고구마 먹고 답답할 때 마신다는 사이다! 그 사이다를 만드는 회사에 다니고 있었거든요. 별이 몇 개? 일곱 개! 4 대 8. 완승이었습니다.

인삼 만드는 회사에 다닌다던 동생 하나를 더 영입해 한껏 기력을 보강한 우리 삼총사는 시청으로 향했습니다. 편하게 수다나 떨고 오자며 참석했는데 변수는 꼭 날 찾아오네요. 각 부처의 제일 호봉 높은 분들이 고맙지도 않게 면담 자리에 참석해준 것이었어요. 드라마에서 회장님 몰아낼 때 앉는 큰 디귿 자 테이블 있죠? 휑한 회의실 안 그런 탁자 위에서 시장님 포함 열 분의 고위 공무원 분들이 엄숙한 표정으로 우리를 맞이해주셨어요. 그때 찍어둔 열세 명의 기념사진이 다빈치의 최후의 만찬이라는 소문도 떠돌아요.

원하는 바는 아니지만 운명이라면 받아들일 줄도 알아야 된다 배웠습니다. 정치 꿈나무답게 지역의 발전을 위해 40분간 의견 잘 전달하고 돌아왔습니다.

기호 몇 번인지는 출마할 때 알려드릴게요.

Dear. 지니

어릴 때부터 연예인의 팬이었던 적이 없었습니다. 누군가를 좋아하려면 체력이 필요한데 체력이 없었거든요. '흥망성쇠' 코드도 본능적으로 읽었던 것 같아요. 반짝이는 등장에 관심 좀 가져볼라치면 어느샌가 인기가 식어 다른 등장으로 대체되는 게 저에게는 이별 같았거든요. 사람한테 '한물갔다'라는 말은 절대적으로 무례하게 느껴지기도 했고요. 그래서 잠시 잠깐 화려한 게 아니라 나와 동시대를 함께 살아주는 것 같은 롱런하는 연예인들을 좋아해요. 국내에선 송은이 씨, 세계적으론 윌 스미스 씨처럼요. 우리 스미스 아저씨는 외계인도 잡았다, 좀비랑도 싸웠다, 초능력도 있었다, 와일드했다, 나빴다, 심지어 행복까지 찾아다니며 제 인생에 두루 함께하신 분이죠. 저 혼자 친분이 두터워진 느낌이에요.

스미스 아저씨가 알라딘에 출연한다는 낭보가 들려왔어요. 파격적이게도 지니 역할로 말이에요. 미국에서는 '연기파' 배우라는 수식어가 없다고 하죠. 연기를 잘해야만 연기자가 되는 것이기 때문에 연기파라는 말 자체가 어불성설이라는 겁니다. 그런 줄도 모르고 알라딘을 본 저는 역시 우리 스미스 아저씨는 연기파 중에 연기파라며 부르트게 칭찬했었네요. 제목을 지니로 바꾸고 싶을 만큼 알라딘에서 지니의 활약은 대단합니다. 무엇보다 현실 가능성은 제로지만 세 가지 소원의 등장은 상상만으로 기분을 몽글몽글하게 해주죠.

이 결정적 롤을 스미스 아저씨가 열연해주신 덕분에 감동한 제 남편은 식상하게도 세 가지 소원을 진지하게 고민해봤더라고요.
안 물어봤는데 대답하는 것만큼 성가신 일도 없지만 그대 고운 내 남편이니까 들어줬어요.
"첫째는 가족 건강이야. 둘째는 아이들이 하고 싶은 일을 하며 사는 거야. 마지막은 1일 1천만 원 입금이야."
이럴 줄 알고 제작진이 'Speechless'를 만든 거겠죠? 진부할

대로 진부해 뭐라 할 말이 없더군요.

"응 그래, 잘했어. 참 잘했어요."

뜻밖의 수확은 열 살 된 아들이 거뒀어요. 엄마 아빠의 대화에 끼고 싶은 아이가 자신에게도 세 가지 소원이 있다는 겁니다.

"첫 번째 소원은 우리 가족이 다 건강하게 사는 거예요. 두 번째 소원은 지금처럼 계속 행복하게 사는 거예요."

이 녀석의 현재가 행복하다니 살포시 감동이 밀려오며 마지막 소원이 궁금해지기 시작했습니다.

"마지막은 엄마 아빠가 돌아가실 때, 아프거나 암 같은 병으로 돌아가시지 말고 그냥 편하게 돌아가시는 거예요."

우리 부부는 부둥켜안고 들썩들썩 웃기 시작했어요.

"여보, 쟤가 우리 보고 돌아가시래."

남편이 말했어요. "애가 호상을 알아."

"여보~ 아까 당신이 말한 세 가지 소원보다 호상이란 단어 선택이 훨씬 기발해. 우리 자식들을 위해 건강하게 살다가 호상 치르자."

마음만 잘 먹어도 행복은 우리 안에 있고 노력에 따라 건강도 정도껏 챙길 수 있을 테니까 이루기 힘든 소원은 아닐지도 몰라요. 늘 문제가 돈인데 적당히 만족하고 부자로 착각하고 살면

될 것 같고요. 결국 우리 몸뚱어리가 요술램프고 스스로 소원을 이루는 자기 자신이 지니인 것 같습니다.

　지니~ 소원을 들어줘~.

Best regards.

Me, Genie myself.

위대한

유산

죽고 난 후에 얼마나 화려하고 성대한 이벤트가 주기적으로 터지길 바라나요? 얼마나 화려한 꽃 장식이면 만족할 것 같으며, 얼마나 가짓수가 흐드러지는 상차림이어야 갓 분리된 영혼이 등 따시고 배부를 것이라 생각하세요? 행여나 생애 전반에 화려함을 반드시 누려야 하는 것이라면 전 사후에 몰아 쓰지 않고 살아 있을 때 길고 가느다랗게 야금야금 쓰는 길을 택할 거예요.

나를 아는 사람들이 3일 동안 울다가 기절 정도 해줘야 만족감이 들까요? 조의금을 보다 두둑하게 내줘야 그 노잣돈으로 천국에 갭투자하러 갈 수 있을까요? 칭칭 감겨진 내 껍데기 모시는 리무진이 10m 길이 정도는 되어야 잿더미 되러 가는 길이 편안할까요?

장례나 제사 문화는 남겨진 자들의 슬픔을 승화시킨 의식이라기보다는 나 이렇게 효자예요, 우리 집안 이 정도로 뼈대 있어요, 조문객이 넘쳐나는 것 좀 봐요, 남들에게 확인받으려는 절차라는 생각이 지배적입니다. 남들이 다 그렇게 하니까 망자를 치장하는 데에도 등급이 있다며 상술을 펼치는 차트판에서 못내 이목을 의식해 1, 2등급 중 하나를 선택할 자식의 마음이 이해 안 되는 것은 아니지만, 나는 이미 죽은 자라 이해하고 자시고 할 방법도 없을 테니 사랑하는 내 자식들에게 살아생전에 내 뜻을 전하는 것은 굉장한 의의이자 사랑이라는 생각이에요.

모모 형제에게

태어남으로 너희들은 이미 효자였고, 종종 나를 훌륭한 엄마라고 말해줬으니 불만이 없다. 어떤 점은 미흡했지만 나는 엄마로 충분히 애쓰며 살았고, 크게 잘못한 일 없이 잘 살아왔으니 그점은 기려도 좋다. 몇 분을 울어도, 몇 시간을 울어도 슬픔이 반드시 증명되는 것은 아니니, 의식은 되도록 짧게 한두 시간에 걸쳐 마치고, 간간이 내 생각이 나면 그때마다 마음으로 애도해주면 그만이다. 그마저도 내가 알아차릴 방법은 없지만 날 위함이 아니라 날 기억하는 너희 마음을 위한 부탁이다.

죽어버린 나를 번거롭게 찾아온다는 사람들이 있거든 찾아와봐야 나와 담소를 나눌 길은 없으니 있는 자리에서 추모해줘도 서운함이 없다고 전해주면 된다. 경조사 중에 늘 조사를 챙기는 게 맞다 생각하는 입장이었지만 다시 생각해보니 슬픔 모르는 망자보다 한창 기쁜 산 자를 챙기는 게 더 맞겠다는 생각이다. 남의 기쁨에 악의를 품지 않고 함께해주었다면 너희가 슬플 때 조의금 아니더라도, 어렵게 찾아 입은 검정색 의복이 아니더라도, 별별 방법으로 위로하려 드는 게 세상의 온정이다. 그 마음들만 받고 똑같이 되갚는 걸 잊지 않으면 된다.

죽은 날을 음력으로 할지 양력으로 할지 의견이 분분할 필요도 없이, 아무 날이나 내가 생각나는 날 혹시라도 시간이 된다면 형제들끼리 모여 잔치를 벌이면 좋겠다. 여행을 떠나 잠시 나에 대한 얘기를 나눠도 좋겠고, 근사한 식당에서 나를 떠올려도 좋겠다. 켕기는 마음에 음식 하나 덩그러니 주문해 수저 한 세트 가지런히 놓아봐야 말했듯 나는 못 먹으니 음식 낭비하며 헛돈 쓰는 일은 없기를 바란다. 형제간에 우애가 넘쳐야, 혼자보다는 둘이 낫다며 배를 두 번이나 갈라 낳은 보람이 있는 것 아니겠냐는 인간미 서린 미련이다. 혹시라도 주기를 정해 제사상을 차린다면, 더 혹시라도 진짜로 혼령이 있어서 밥상 언저리에서 지켜볼 수 있다면, 내 영혼을 다해 밥알을 움직여 메시지를 남길 것이다.

"말 좀 들어라, 제발."

콜드 브루 같았던 엄마의 성격을 익히 알 터, 일말의 가책 없이 산 사람은 신명 나게 살고 또 살아라. 너희를 대신해 죽을 수도 있을 만큼 자식을 향한 사랑은 본능 그 자체였는데, 설마 제사 안 지내줬다고 악귀가 되어 보복하러 올 부모가 저승 천지에 어디 있겠느냐. 니들 밥이나 세 끼 꼬박 챙겨 먹으며 건강하게 잘 살거라.

마지막으로 네 아빠가 나보다 더 오래 살거든, 엄마를 위해 사당을 짓고 새벽마다 정수기 물 한 대접씩 떠놓는다 약속했으니 그것 하나만큼은 잘 감시해주길 바란다. 이 정도 유머도 이해 못하고 진짜로 감시하는 너희들이 아니기를 믿으며, 이제 그만 유언이 아닌 내가 줄 수 있는 유산 상속을 마친다.

인생 영화가 있습니다. 쇼생크 탈출, 열 번을 넘게 보도록 팀 로빈스와 함께 좌절했고, 허공에서 같이 체스 말을 조각했으며, 동시에 맥주병을 들고 Cheers를 했지요. 포스터 붙은 벽 뒤로 성심 껏 굴을 팠고 오물이 범벅된 채로 두 팔을 벌려 자유를 만끽했습니다. 희망은 좋은 것이라고, 아마도 최고의 것이라고 모건 프리먼에게 지겹도록 똑똑이 일러두기도 했습니다. 덕분에 삶의 불확실성으로 괴롭고 조마조마했던 마음에서 탈출할 수 있었지요.

살아 있는 사람으로서도 희망을 말하고 싶었습니다. 전쟁과 기근 같은 역경을 헤쳐냈을 리 만무하고 인류를 구원하는 기적을

행한 적도 없지만, 삶이 소소한 전쟁터였다면 살아 있는 건 기적일 테니까 충분히 자격이 있다고 생각했습니다. 그럭저럭 잘 살아가고 있는 어중간한 삶의 평범한 목소리로 어쨌거나 곳곳에 희망은 있더라, 그 희망은 늘 웃는 가운데 시작되더라 알리고 싶었습니다.

"모두 괜찮아질 거다. 희망은 어디에나 있다."

나의 글이 당신께 가득한 웃음, 진지한 생각, 오랜 희망이 되었다면 좋겠습니다.
당신과 나의 살아감을 진심으로 응원하겠습니다.
고맙습니다.

박윤미 드림.